軍人皇帝は新妻を猫かわいがり中!

～亡国王女の身売り事情～

七里瑠美

Vanilla文庫

軍人皇帝は新妻を猫かわいがり中！

～亡国王女の身売り事情～

イラスト／漣ミサ

プロローグ

じゃらり、と鎖《くさり》が鳴った。メルティアは、鉄の輪がはめ込まれた足首に手を伸ばす。足首につけられた枷《かせ》に繋がれた鎖の先は、鉄格子にくくりつけられていた。

鎖の長さは、メルティアが閉じ込められている檻《おり》の中を、行ったり来たりすることができる程度しかない。

攫《さら》われてからずっと、足首にはこの輪がはめ込まれていた。

その時々によって鎖の先端は、壁に打ち付けられた輪に繋がっていたり、ベッドの足に繋がっていたりだったけれど。

ちりちりと、足首が痛みを訴えかけてくる。重い鉄の輪は容赦なく足首を擦り、傷ついていた。

無言のまま、メルティアはちらりと周囲を見回す。逃げようとするのは諦めた。

――だって、もし私が逃げ出したら。

こちらを見ている男達の目に浮かんでいる感情が、なんなのか最初のうちは理解することができなかった。だが、今ではわかる。

醜《みにく》い情欲。

そして、逃がすまいという意思。

これだけ頑丈《がんじょう》な檻に閉じ込めて、脚にはしっかりと鎖をつけているくせに、男達はメルティア達が逃げるのを心配しているらしい。

——何も、こんなに大勢で囲む必要はないでしょうに。

「怖い……」

「帰りたいよ、メル」

膝を崩して座っているメルティアの側《そば》に、子供達が寄ってくる。檻の中に閉じ込められているのは、メルティアだけではなかった。

「……大丈夫、怖くないから」

メルティアの膝に抱き着く子供達の背中に腕を回してなだめてやる。三人いる子供達は皆、大きくなったら美貌《びぼう》の持ち主になると思われる愛らしい子ばかりだった。

「……そんなことを言って……先のことなんかわからないのに」

そうメルティアに言ったのは、同じ年頃の少女だ。彼女もまた、大きく青く澄んだ瞳、ふっくらとした頬に、形のよい唇という華やかな容姿だった。

レティスと名乗った彼女は、メルティアより数日前に男達に拉致《らち》されたという。監禁生活の間も彼女の美貌はまったく衰《おとろ》えることはなかった。胸から腰にかけての豊かな曲線に、無遠慮な男達の視線が突き刺さる。

「——いつもなら、味見させてもらえるのになぁ」

「今回はしかたないだろ。高値で売れる商品ばかりだ」

レティスが肩をびくりと揺らし、メルティアの側ににじるようにして近づいてくる。メルティアは、彼女を背後にかばうようにした。

——守らなくちゃ、私が。

左腕は子供達をまとめて抱きしめ、右腕は伸ばしてその陰にレティスを隠す。自分にできるのはこのくらいだけれど、せめて最後の矜持《きょうじ》は保っておきたいのだ。

檻の中にいるメルティア達が、彼らの会話を聞いてどう思うのか。目の前にいる男達はまったく考えていないのだろう。

それとも、メルティア達を〝商品〟としか思っていないから、そんな会話を交わすことができるのかもしれない。

「特にほら、そこに——」

男の一人が、メルティアの方に顎をしゃくる。そして、彼はぐいと顔を寄せてきた。酔いに濁《にご》った目が、メルティアの身体中を這い回る。

まるで、視線だけで犯《おか》されているようだ――悪寒を覚えたけれど、怯《おび》えていると思われたくなかった。顎をつんと上げ、真正面から男の目を見返す。

背後にかばわれたレティスが、身体を小さく丸めた気配がした。

「ほら、こいつ。エトニアの王女様なんだとさ。王女様を間近で見ることがあるなんてなぁ」

近くに顔を寄せられれば、酒と煙草《たばこ》の臭いが混ざり合った、不快な臭いがする。

顔をしかめたけれど、メルティアは男から視線をそらすことはしなかった。レティスを背後にかばった腕もそのまま。子供達を抱きしめる腕に、少しだけ力が加わる。

「そうそう、その目。まあ、もうすぐ自分の置かれた立場を理解することになるんだろうがな、お姫様」

「お前、ほどほどにしておけ。泣かれでもしたら困るだろ――商品は、綺麗《きれい》な状態で台に乗せなきゃならないんだからな」

一人の男が、メルティアに近寄ってきた男の肩を押さえる。

会話に割り込んできた男は、背が高かった。肩幅も広く、この部屋でメルティア達を見張っている男達とは明らかに雰囲気《ふんいき》が違う。

品格――とでもいえばいいのだろうか。マントのフードを目深にかぶっているから、髪の色も目の色もメルティアのいる位置からは見えない。しかし、立ち居振る舞いが明らかに他の男達とは違う。

「お前、新入りだろ？　偉そうなことを言うな」

「俺は本当のことを言っただけだろ？　気分を害させて悪かったな。ほら――詫《わ》びの品だ。いい酒だぞ」

話に割り込んだ男は、マントの内側から取り出した小瓶を、肩を抱いた男の方に差し出す。中では、茶色の液体がゆらゆらと揺れていた。

「こりゃいい酒だな、どうした？」

瓶の栓《せん》を外し、中身の香りをかいだ男は、とたんに相好を崩した。ぐいっと大きく一口飲み、満足そうに息を吐《は》き出す。

「ちょっとした伝手《つて》で手に入ったんだよ。まだあるぞ」

「俺にも一口飲ませろよ」

「一口だけだぞ、酔いつぶれたら仕事にならんからな」

あっという間に男達の意識は、メルティア達から酒の方に向いてしまった。がらりと変わった空気に、メルティアはほっと息をつく。

「もうぃやぁ……！」

だが、緊張の糸が切れたらしいレティスは、床にうずくまって泣き始めてしまった。

「大丈夫。気をしっかり持って……言うことを聞いていれば、痛い目には遭わされないから、ね？」

つられて泣きだした子供達をなだめ、レティスの背中を撫《な》でて慰《なぐさ》める。王女なんて言われても、メルティアにあるのはエトニアの王族というこの血筋だけ。

──もっと私に力があればよかったのに。

何もできない無力な自分が悲しい。

国が滅びて八年。

王女としての矜持だけは忘れないように生きてきたつもりだけれど、こんな状況ではそれも難しかった。

自分達が〝商品〟であり、これからオークションで一番高値をつけた人物に売り渡されるということは、男達の話から否応なしに悟らされた。

だが、そこから先、どんなつらい運命が待ち受けているのかまではわからない。不安ばかりが膨れ上がる。

「……もう少しの辛抱《しんぼう》だ」

「え？」

フードを目深にかぶったままの男が、檻に身を寄せるようにしてささやく。見上げると、彼はフードを持ち上げて顔を見せた。

——誰かしら。

黒い瞳が、正面からメルティアをとらえる。酒に酔った男に見られた時とは別の感覚が、メルティアの身体を走り抜けた。

「大丈夫だ、問題ない」

「問題ないって……あなたが、言えることではないでしょうに」

その間も、レティスの背中を撫で続ける手は止まらない。

——でも、少しだけ元気になったかも。

かばわねばならない相手がいるから、気丈に振る舞ってはいるが、メルティアだって怖いものは怖い。

今だって、身体が小さく震えているのを、子供達やレティスに気づかれないかと不安になるほどだ。

自分達を捕らえている男の言葉に、こんなに安堵するのはおかしい。けれど、今はその小さな感情に身をゆだねるしかなかった。

第一章　亡国の王女、オークションにかけられる

――ミネア達は、無事かしら。

乳母《うば》の名を思い浮かべ、メルティアは自分の身体をぎゅっと抱きしめた。

先ほどまで何人もの人が閉じ込められていた檻《おり》も、今は残されているのはメルティアだけ。

レティスも震えながら、男達に担《かつ》がれるようにして出て行った。

――まさか、こんなことになるなんて、考えたこともなかったわ。

メルティアは、エトニア王国という小国の王女だった――八年前までは。

エトニア王国は百年ほど前に建国されたのだが、建国したのはメルティアの曽祖父だ。当時、圧政が敷かれていたネディス王国から逃げ出した人々を取りまとめ、山間の目立たない場所で共に暮らすようになったのが始まりだった。

曽祖父を初代の王として、ネディス王国から独立。以来、積極的に領土を拡張することはせず、だが移住を希望する者は受け入れ、祖父から父の代へと国は続いた。

エトニア王国の独立をきっかけとしたかのように、ネディス王国の支配下に置かれていた周囲の国々も独立し、百年前は大陸一の勢力を誇《ほこ》っていたネディス王国も、大小ある国々のうちの一つにすぎなくなってしまった。

だが、十年ほど前、ネディス王国に新たな王が立った頃から事態は急変。かつて独立していった国を再び勢力下に置こうと動き始め、エトニア王国にまで武力が向けられたのが八年前のこと。

城外まで迫ったネディス王国の軍隊に、メルティアと六歳下の弟は別々に逃げたが、弟の行方は今も知れない。

エトニア王国はネディス王国に征服され、滅亡した。

それからは、乳母一家に守られて生きてきた。

十歳の時に国を失うことになったけれど、王女としての矜持《きょうじ》は忘れてはいけない。それは、乳母が口を酸っぱくして、メルティアに言い聞かせたことだった。

ディミリア帝国との国境の地にある小さな町に身を潜《ひそ》め、商人一家を装って生きてきた。再起の機会をうかがいながら。

乳母夫妻の娘として、何年もひっそりと生活していたのに、どこでメルティアの素性《すじょう》が知られてしまったのかは不明だ。

乳母に逃げるよう命じ、メルティアも逃げ出そうとしたけれど、多数に囲まれてはどうすることもできなかった。

袋に詰められ、馬車に乗せられ、そのまま室内に監禁された。

逃げ出そうとしても無理だと言わんばかりに、足首にはめられた鉄の枷《かせ》。着せられた白いワンピースは、飾り気のないものだった。

——できれば、皆、いい人に買われるといいのだけれど……。

どんなにメルティアが現状を嘆《なげ》こうとも、今のメルティアにできるのは祈ることだけ。

最後に引き出されていったレティスが、壇上に上げられる。

メルティアのいる位置からでも、彼女の怯《おび》えた表情はよく見えた。しきりに瞬きを繰り返し、唇を震わせている。スカートを掴《つか》む手もぶるぶると震えていた。

——どうか。どうか。

祈りの形に手を組み合わせ、何度目かわからない祈りを捧げる。

——どうか、彼女がいい人に引き取られますように。

舞台をぐるりと囲うように座っている人達は、皆、目元を覆《おお》う同じ形の銀の仮面をつけている。その仮面によって、彼らの素顔はわからない。

客は男性だけではない。女性も何人か混ざっている。彼女達も積極的に手を上げ、自分好みの少年少女を落札していた。

――ここに集まっている人達は、いったいどういう人間なのかしら。

先ほどからの落札額は、安くても庶民なら二、三年は暮らせる程度の値がついている。今までで一番高い値のついた少女は、庶民が五年暮らせるほどの額だった。

乳母達に守られ暮らしていた間は、メルティアも〝商人の娘〟として暮らしていたから、庶民の生活にかかる金額もわかる。

ということは、ここに集まっている人間達は、いずれもそれだけの金銭を支払う余裕があるということなのだろう。

大人数が一堂に会して、生きた商品を落札しようとしている。今までのメルティアの常識からは考えられなかった。

「次は年は十六、器量よし――もちろん乙女。ほら、顔を上げて皆様に見てもらうんだ」

壇上にいる男は、レティスの顎を持ち上げる。

壇の上にぺたりと座り込んだ彼女は、顔を隠すこともせずに涙をこぼした。いや、顔を隠すことはできなかったのだろう――男の手が、しっかりと彼女の顎をとらえたままだ。

「瞳の色は？」

「青だ。この金の髪も美しいだろう」

たしかにレティスは美しい。涙をたたえた青い瞳も、震えるのをこらえている赤い唇も。

「脚だ、脚を見せてみろ」

「や……やめて……！」

細い声で抵抗するものの、レティスのスカートが腿の上あたりまでたくし上げられる。見ていられなくなって、メルティアは目をぎゅっと閉じた。

——あんな真似《まね》までするなんて。

女性にとって脚を見せていいのは、夫となる人だけ。それが、こんなに大勢の前で、あんな辱《はずかし》めを受けるなんて。

「いや、やめて、お願い……！」

レティスの泣き声に、閉じた瞼《まぶた》に力をこめる。

せめて、メルティアだけは彼女の姿を見ないようにしよう。

「十万……十万でよろしいか？」

メルティアが無力を感じている間も、オークションはどんどん進行していく。

今、壇上にいるレティスには、十万ディカートの値がついたようだ。これは、庶民なら優に十年は暮らせるだけの額となる。

「十万千！」

「十万千五百！」

彼女の美貌《びぼう》に、集まっている客達の争いも白熱しているようだ。値段はどんどん上がっていき、最終的には十万と三千で決着がついた。

――レティス。どうか、元気で。

十万三千という大金を支払ったのだから、大切にしてもらえるだろう。そう信じるしかない。捕らえられてからの期間、支え合ったレティスに心の中で別れを告げる。

そして、今、檻の中に残っているのはメルティア一人だった。

――私は、エトニアの王女。だから、みっともない姿を見せるわけにはいかない。

その矜持は、今となっては虚勢でしかない。

だが、人前でみっともなく泣きわめくことはできなかった。涙をこぼしても、彼らを喜ばせるだけというのは、レティスの様子を見ていればわかる。

唇を強く引き結び、大きく息を吐《は》く。

「本日最後の品は――エトニア王女。メルティア・ヴォーヘン！」

司会者の声に歓声が上がり、会場内の盛り上がりは最高潮に達した。

「ほら、出番だぞ、お姫様」

メルティアに手を差し出したのは、フードを目深にかぶった男だった。先ほど会話をした男かと思い、一瞬胸がドキリとなる。

だが、差し出された手を取った時、違うということに気づいた。体格が似ていただけだ。

――変なの。なんで私、がっかりしているのかしら。

先ほど会話した男だって、人間を売買している組織の一人。今、この手を取ったのが彼ではないからといって、がっかりするのはおかしい。

もう一度深呼吸してから、フードの男に手を取られるまま歩き始めた。

背筋を伸ばし、まっすぐに前方を見つめて。

四方八方から突き刺さってくる視線については、まったく考えない。意識しない。気づいていないふりをする。

舞台の中央に立ち、不躾《ぶしつけ》な視線を向けてくる者達に、こちらも遠慮ない視線を返す。

――私は、負けないもの。

本当は怖い。これから先、自分がどんな運命をたどることになるのか。だが、人前ではそれを見せないと決めている。

「どうしてエトニア王女だとわかる？」

「そうだそうだ、よく似ている他人の可能性もあるじゃないか」

そう声を上げたのは、〝商品〟としてのメルティアの価値を知りたい者達だろう。

「先ほどの娘の方が、美しかったのではないか？　あちらの方が王女らしかったぞ」

とまで声が上がったのには、思わず失笑しそうになってしまったが。

――たしかに、美貌には恵まれてはいないものね。

王女らしさに、絶世の美女という条件がつくのであれば、メルティアはその条件は満たせないだろう。

容姿そのものはさほど悪くない。珍しい銀髪に、深く青い色の瞳。卵型の顔の中に、目、鼻、口が絶妙に配置されている。豊満とは言えないが、身体はほどほどに女性らしく、不満を覚えたことはなかった。

さほど悪くはない容姿なのだが、花のようなものが足りないのだ。髪の色をのぞけば、目立つほどの特徴もない。自分の容姿について、冷静に判断すればそこに落ち着くことになる。

「本当に王女なのかと聞いている」

「今まで、どこでどうしていたんだ？」

口々にかけられる声に、返事をするつもりはない。

声をかけてきた者達をきっとにらみつける。相手の表情は、仮面に隠されていて読むことはできなかったけれど。

「……そのご質問には、私どもで答えることができます。王女は国を離れたのち、乳母夫婦と暮らしていました。そして、これがその証拠」

男が高々と掲げたのは、直系王族だけが持つことを許されるロケット式のペンダントだった。エトニア王家には、子供が誕生した時、金で作ったペンダントを贈るという習慣がある。これは、国を建てた曽祖父が始めたものらしい。

表面にエトニア王家の紋章が彫られ、蓋《ふた》を開けると家族の肖像画がおさめられている。この絵は、毎年新年を迎えた日に入れ替えることになっているのだが、八年前、国が滅びてからは一度も変えていない。

だから、中に描かれているメルティアは、まだ幼い少女の姿だった。

「皆様の中には、エトニア王妃をご存じの方も多いでしょう。彼女の若い頃に、生き写しなのでは？」

「――たしかに」

「言われてみればそうだ。一度会ったことがある」

無遠慮に交わされる会話。自分が母の若い頃に瓜二つらしいというのは、乳母のミネアからも聞いていた。

だが、こんなところで同じことを聞かされるとは、想像もしていなかった。

母に会ったことがあると口にする者までいるということは、やはりここに集まっているのは、それなりに財を持っていたり身分の高かったりする者ばかりなのだろう。

「では、十万から始めましょうか？」

レティスが、十万三千ディナートで落札されたことを考えれば、いきなり十万ディナートからというのは破格の開始値だ。

だが、誰も反対する者はいないようだった。王女というメルティアの身分が、それだけ物を言ったということだろうか。

「ならば、十万と千！」

「十万と二千！」

「十万と五千！」

二千から一気に値がつり上がった。

「それなら十万六千出そう！」

「十万と七千！」

「十一万！」

ついに、十一万を越えてしまった。だが、まだ誰も降りるつもりはないらしい。メルティアに、そこまでの価値があるのだろうか。

「なら――十一万と千！」

「十一万と千五百！」

「十一万と二千だ！」

「いや、十一万二千五百！」

十一万を越えたあたりから、攻防が小刻みになり始める。誰がメルティアを落札するというのだろう。揃いの銀の仮面に包まれた顔は、区別することができない。

「十五万」

そろそろかと思い始めた瞬間、静かな声が一気に価格をつり上げる。今までの小刻みな攻防とは、明らかに一線を画していた。

「十六万！」

「十七万！」

「十七万五千！」

十五万に上がったことで、メルティアの価値は一気に高まったらしい。再び万単位での競り合いが始まった。

「——二十万」

だが、十五万をつけた男は、周囲の喧騒《けんそう》にはかまうことなく、再び大幅に値をつり上げた。

——どういう人なのかしら。

メルティアは思わず、自分に二十万をつけた人物に目をやってしまった。いくらなんでも、二十万は高すぎるだろう。自分に、そこまでの価値があるとも思えない。

彼が身に着けている衣服は、身体に合わせて腕のいい仕立屋が仕立てたものだ。布地も、上質のもの。短めの黒髪は無造作に額に落ちかかっている。形のいい耳には、銀の耳飾りがつけられていた。マントを留めているブローチは金細工だ。

かなり裕福なのだろうが、それにしたって二十万は高値すぎるのではないだろうか。メルティアのどこに、そこまでの価値を見いだしたというのだろう。

「二十万──二十万と千」

「三十万だ」

最後まで競り合っていた相手が刻もうとするのを、一気に突き放した。場内はしんと静まり返る。三十万とは、あまりな金額だ。落札される側《がわ》のメルティアまで、本当にいいのかと思ってしまったほどだ。

「三十万、三十万ディナートがつきました。他に、入札したい方は？」

そう問いかけても、手を上げる者はいなかった。

「お客様、おめでとうございます。エトニア王女は、あなたのものですよ」

立ち上がり、こちらに歩いてきた男に向かって、司会は愛想よく声をかけた。男の方は応えるつもりはないらしく、司会を無視してメルティアの前に立つと、手を差し出す。

「――来い」

その声は低く、聞くものを従わせる響きがあった。逆らえないと思う反面、自分を〝落札〟した人物に対する反発心も込み上げてくる。

むっと唇を引き結んだまま男をにらみつけたら、しかたなさそうに笑いを漏《も》らした。

――この人、何を考えているのかしら。

メルティアの内心なんて、彼にはどうでもいいのだろう。メルティアがにらみつける以外の反応を返していないのも意に介さず、司会の方に顎をしゃくる。

「早く、鎖《くさり》を外せ。これでは、連れて帰れないだろう」

「――た、ただいま！」

慌てた様子で司会が合図を出し、止まっていた時間が動き始めたかのように、周囲の人々も動き始める。

足枷《かせ》を外され、久しぶりに鉄の重みを失った足は、上手に動かすことができなかった。立ち上がろうとし、けれど、よろめく。

「気をつけろ――それから、俺から逃げようと思うなよ？」

瞬時にメルティアを抱き留めた男の目に、いたずらめいた光が浮かぶ。メルティアは、一

瞬、呼吸するのも忘れてしまった。

——なんで、この状況で……。

抱き留めた男の腕は力強く、逃れるなんてできそうもない。いや、そんなことを考える余裕も失われていた。

これほど異性と密着するのは初めてで、完全に身体は硬直してしまう。

——いえ、この声は。

声を張って、メルティアの値をつり上げていた時はわからなかったが、先ほどメルティアに「……もう少しの辛抱だ」と、そう声をかけてきた男だ。

あの時は、他の見張りの男達と同じように、マントからのぞく衣服は粗末《そまつ》なものだった。

だが、今は違う。

「……どうして？」

「話はあとだ。俺から離れるなよ」

メルティアを片方の腕でしっかりと抱えたまま、男は外した仮面を放り投げる。そして、高々と命じた。

「全員捕らえろ！　反抗する者は殺してもかまわない！」

男の顔を見た瞬間、周囲のざわめきが大きくなった。客席にいた参加者達は、悲鳴を上げて逃げ出そうとする。

だが、出入り口には武装した兵士達がいて、あっという間に彼らを取り押さえていく。

「――戦え！　逃げ道は自分で確保するんだ！」

そう声を上げたのは、メルティア達を捕らえていた見張りの男達だ。彼らは剣を手に、兵士達に立ち向かっていく。

それより、先ほどからメルティアを抱えたままのこの男は、どこの誰なのだろうか。今までとは違う意味で、逃げ出すことなんて考えられなくなった。

メルティアの目の前で、兵士に切りかかった男が床に打ち倒される。床の上に広がるのは、真っ赤な血の色。

悲鳴と怒声が入り交じり、そこに剣戟《けんげき》の音が重なる。

「おい、そこのお前！　そいつを倒せ！　倒したら褒美《ほうび》が出るぞ！」

司会をしていた男は、自ら闘うことはしなかった。壇上に立ち尽くしたまま、指を振ってフードの男に命じる。

命じられた男は無言のまま、フードを肩に払い落とした。

――やっぱり、違う人だわ。

メルティアは、自分を抱えている男を見上げる。

先ほど、檻の前で話しかけてきたフードの男は、身なりを改めオークションに参加し、そしてメルティアを落札した、この男だ。

いったい、どういう状況なのだろう。まったく、意味がわからない。

フードを払い落とした男は、メルティアを抱えている男と、司会者の方を見比べていた。

「褒美が出ると言っているだろうに！」

司会の男の言葉に、フードを外した男の手が、腰の剣にかかった。メルティアをかばう男が挑発的に問う。

「エルート、褒美欲しさに俺を倒してみるか？」

「まあ、無理でしょうね――陛下。あなたにはかないませんよ」

エルートと呼ばれた男は、腰の剣に手をかけたまま、司会の男に向き直る。

「あいにくと、忠実な帝国民なので。陛下に剣を向けるなんてできるはずありませんよ」

「陛下？　ルディウス・レイヴン？」

司会の男は茫然《ぼうぜん》としたように、メルティアを抱えた男――ルディウス――に向き直る。

「……殺せ！　ここで殺せば証拠は残らない！」

それでも、司会者はまだ諦めがつかないようだった。残っている手下達に命じる。

「陛下！」

「そっちは任せた。こっちは任せろ」

エルートが飛び出そうとしたのを、ルディウスは手で制した。左手でくるりとメルティアを背後に回してかばったかと思ったら、目の前に飛び出してきた手下の一人を一刀両断に切り倒す。

鮮《あざ》やかな手並みに、続いて飛びかかろうとしていた男が、ぴたりと動きを止めた。

「さて、どうする？　全てを吐くか、ここで俺に殺されるか」

エルートは司会の男の目の前に立ち、彼に剣を向けている。逃げ出そうとしたけれど、向きを変えた先に回り込んだルディウスが、剣の柄《つか》を司会者の腹に叩《たた》き込む。

――い、いつの間に……？

今の今まで、メルティアを背後にかばっていたはずなのに。いつの間に移動したのだろう。

――どうして、なぜ？　だって、皇帝でしょう？

事態の急変についていけず、メルティアは完全に混乱していた。

なんで皇帝がこんなオークションに参加して、メルティアを落札しているのだ。まったく意味がわからない。

混乱している間に、再びルディウスの背後にかばわれている。ルディウスは、一瞬で移動することができるのだろうか。

周囲では、ますます激しい戦いが繰り広げられていた。逃げ道を探す者、目の前の兵士を倒し、退路を切り開こうとする者。

「――皇帝がここにいるのなら、ちょうどいい！　冥土《めいど》の道連れにしてやる！」

最後に残った男が、ルディウスに向かって切りかかる。メルティアの背を押し、男の手が届かないところに追いやったルディウスは、半歩動いただけで男の剣を受け止めた。

一瞬、力比べになるが、ルディウスの方が圧倒的に強かった。男の剣をはねのけたかと思ったら、深く足を踏み込む。

続く一閃は、現実離れした出来事のようにメルティアの目には映った。

「……陛下、客達も全員捕らえました」

「よし。捕らえられていた者達を、全員屋敷に連れて行け」

「かしこまりました」

戻って来たエルートがルディウスに報告する。ルディウスは脱いだマントでメルティアを包み込むと、大股にその部屋を出たのだった。


――ここはいったいどこなのかしら。

メルティアが座らされたのは、柔らかなソファ。花柄の布が張られている。室内の装飾は、若い女性向けのものなのだろう。

白く塗られた家具は、金具は全て金で作られていて、繊細ながらも華やかなものばかりだった。

目の前のテーブルには、銀のティーセット。皿の上には、フィナンシェやマドレーヌ、ジャムで飾りをつけたクッキーなどが並べられている。

室内の家具は上質なものばかりだから、ここは皇宮、もしくは貴族の屋敷であるのは間違いないだろう。

先ほど、手際よく入浴させられ、身なりも粗末なものから、この部屋にふさわしいものに改められた。青いドレスは美しいが、メルティアの身体には少し大きい。

今日がオークションだと知らされてから食欲などなかった。解放されて安堵したのか、きゅっとお腹が小さな音を立てる。

茶の用意をしてくれた使用人は、メルティアに同情的だった。好きな菓子はあるか、苦手な菓子はあるかと聞き、好みに合うものばかりを揃えてくれた。

ティーカップから立ち上る紅茶の甘い香りと、焼き菓子の香ばしい香りがメルティアの胃を刺激する。

――お好きにどうぞって言っていたものね。

空腹に耐えかね、そう言い訳をしてクッキーを一つ手に取った。

口の中に入れると、さくりとしていて、バターの香りがいっぱいに広がる。甘酸っぱいジャムもいいアクセントだ。

——あれから、どれくらいたったのかしら。

捕らえられてから、何日が経過したのかさえもあいまいだ。

幸いだったのは、男達はメルティア達の生活には気を配っていたということだろうか。

反抗的な者は、反抗する気が失せるまで食事を抜かれることもあったけれど、おとなしく従っていれば、質はともかく量は十分な食事が出された。

毎日、濡《ぬ》れた手巾で身体を清めることも許されたし、時々は入浴もさせられた。彼らの仲間であろう女達に監視されながらではあったけれど。

おおかた〝商品〟を高く売りつけるために、健康でいさせなければならなかったのだろう。

それにしても、メルティアを〝落札〟したのが皇帝だというのは驚きだ。彼が、本当に皇帝かどうかの保証はないけれど、今、この状況でどう行動するのが一番いいのだろう。

捕らえられていた他の人達は保護されたという話だが、皆は一緒にいるのだろうか。他の人達の様子を、見に行った方がいいかもしれない。おそらく、この建物の中にいるのだろう。

そう決めて、扉を開こうとした時だった。

「どこに行く？」

ルディウスが、扉を開けて入ってくる。

メルティアは一瞬、床に視線を落とした。だが、すぐに気を取り直し、スカートを摘まんで頭《こうべ》を垂れる。

乳母が教えてくれたように、優雅に見えているだろうか。

「一緒に捕らえられていた人達の様子を、確認に行くつもりでした——陛下」

「陛下、か。まあいい、ここでは堅苦しい儀礼は不要だ。顔を上げろ。それから足を見せろ」

「……はい？」

足を見せろとは何事だ。嫁入り前の若い娘は、みだりに足を出さないものとされている。

ぎょっとしたメルティアが視線を泳がせると、大股でこちらに近づいて来たルディウスは、メルティアの腕を取ってソファに座らせた。

「あ、あの、陛下……？」

皇帝の前で、許しも得ずに着席してしまい恐縮する。いや、今はルディウスがメルティアを座らせたのだから、これでいいのだろうか。

「な、何をするんですか——！」

思わず悲鳴を上げたのは、メルティアをソファに座らせておいて、ルディウスが目の前に膝をついたからだった。

おまけにドレスのスカートを、膝の上まで捲り上げられてしまう。

捕らえられている間、足枷をつけられていたけれど、だからといって羞恥心《しゅうちしん》が消えるわけではない。

慌ててスカートを押さえつけ、それ以上は捲れないようにする。

「何って、ここ——傷がついているだろう?」

「それは」

ルディウスの手が、メルティアの足首に触れる。

それは、枷をつけられていた方の足だった。鉄の輪で擦れたそこは、赤くなって血が滲んでいる。なるべく動かないようにはしていたけれど、まったく傷つかないというわけにはいかなかった。着替えを手伝ってくれた使用人が、あとで薬を持ってくるとは言っていたが。

「たいした傷ではありませんから……!」

スカートを膝の上で握りしめたまま、それ以上下ろすことはためらわれた。足の先が、もぞもぞと落ち着きなく動く。

ルディウスの目は、メルティアの足を凝視していて、どんどん顔が熱くなってくる。

――あまり、見ないでほしい……！

メルティアのその願いが通じたのか否《いな》か。ルディウスは、どこからか小さな容器を取り出した。中には軟膏《なんこう》のようなものが入っている。

彼は指の先で軟膏をすくい取ると、メルティアの傷に触れた。

「……あ」

小さな声が漏れる。覚えたのは、痛みではなくもっと柔らかな感覚だった。最初はひんやりとしていた軟膏は、肌に触れて温まってくる。

意外なほどに繊細な手つきで軟膏を塗ると、ルディウスは包帯まで巻いてくれた。

「たいしたことはない――か。たしかに、かすり傷かもしれないが、こういう傷はやっかいなんだぞ？　あとで医者に診せるから、とりあえずこれで我慢《がまん》しておけ」

――変だわ、私。

どうして、こんなに胸がドキドキしてしまっているのだろう。異性の前で足をさらすという、はしたない真似《まね》をしているからだろうか。

こんな状況だというのに、羞恥の気持ちはどんどん膨れ上がっていって、頭が沸騰しているのではないかと思うほど熱くなってくる。

「でも……陛下」

「でも、じゃない。俺の言うことを聞いておけ」

「……ですが」

「言い直しても無駄《むだ》だ。俺に落札されたということを、忘れたわけじゃないよな？　俺はお前を好きにする権利があるんだ」

「わ、忘れたわけではありませんけれど！」

たしかに、三十万ディナートという高値がついた。メルティアにそれだけの価値があるかどうかはわからないけれど。

だが思い返せば、オークション会場はルディウス達に制圧されていたはずだ。

「……ん？　どなたに三十万ディナートを支払ったのです？」

問い返せば、ルディウスは面白がっているかのように大きな笑い声を上げた。

「なんだ、気づいてしまったのか。騙されていたのなら、面白かったのに」

「――陛下は、意地が悪いのですね。以前お目にかかった時は、こんなに意地悪ではなかったのに」

思わずふくれっ面になった。もし、ルディウスが本当にあのルディウスなのだとしたら。

十年前、まだエトニア王国が存在していた頃――一度だけディミリア帝国を訪れたことがある。彼と顔を合わせたのはその時だ。

とはいえ、彼の方がメルティアを覚えているという可能性は低い。なにしろ、その時、彼は皇太子として立てられたばかりで、多数の招待客の相手をするのに忙しかった。

メルティアと父は、彼を祝うためにディミリア帝国を訪問したのだった。

「覚えていたのか。あの時はまだ幼かっただろうに」

「覚えていた……って陛下も覚えていらっしゃるのですか？　私のことを？」

「当たり前だろう。あの時、お前達は俺の大切な客人だったのだから」

「まさか、覚えていてくださるとは思ってもいませんでした」

そう返す声が小さくなってしまったのは、メルティアの立場がずいぶん変わってしまったから。あの時は小国ながらも、一国の王女──今は、なんと名乗ればいいのだろう。

メルティアを助けてくれた乳母達とも引き離され、怪しげな男達に拉致《らち》された上に、人身売買オークションにまでかけられてしまった。

「弟へのお土産を探すのを、陛下が手伝ってくださいました」

「そうだったな。乳母と、護衛の騎士が二人ついて、市場に出ていたんだったな」

「そんなことまで覚えていらっしゃるんですか？」

ルディウスの記憶力というのは、メルティアが思っていたよりはるかに上だったようだ。

メルティアには、ウィレムという六歳年下の弟がいる。

十年前、ルディウスが皇太子になったことを祝う宴が開かれた際、ウィレムは母国で留守番をしていた。

当時、まだ二歳と幼かったこと。父がメルティアを同伴したことから、なんらかの事件や事故に巻き込まれた際、王家の血筋が途絶えてしまうことを懸念したためである。

ウィレムを出産した際、母は命を落としたから、弟は母の顔を知らない。そんなウィレムが不憫《ふびん》で、メルティアは精一杯可愛がっていた。

父にねだり、城下町に弟への土産物を探しに出た際、たまたまルディウスと顔を合わせたのである。彼の方は何人か供を連れていたから、城下の視察か何かに訪れていたのだろう。

「では、これは覚えていらっしゃいます？　弟へのお土産、私が選びかねていた時――陛下は、弟の髪は何色かとお尋ねになりました」

ウィレムの髪の色は、メルティアと同じ銀色だ。そう返すと、ルディウスはメルティアが選びかねていたぬいぐるみのうち、銀色の毛をした熊を差し出したのだった。

「お揃いなんていいんじゃないか？　そうおっしゃっていましたよね。あの時、選んでくださったおもちゃ、弟はとても気に入っていたんですよ。いつも離さずに、寝る時も寝室まで持っていくほどでした」

たまたま時間があったのだろうか。ルディウスはメルティアに付き合い、弟への土産物を探してくれた。

メルティアはぬいぐるみを選び、ルディウスも土産だといって、木彫りの馬と馬車のおもちゃをプレゼントしてくれた。馬車の車輪は、実際に動くものだった。そして、その馬車に繋ぐ馬の足の下にも小さな車輪がつけられていて、手で転がして遊ぶことができたのである。

エトニア王国にはないおもちゃだったから、弟は一瞬にして夢中になった。宝物として大事にし、遊ぶことがなくなったあとも、寝室のベッドの側《そば》に飾っていたほどである。

「陛下からいただいた木馬も、ずっと大切に使っていました」

ルディウスは、一人、留守番をしているウィレムを気の毒に思ったのだろうか。それとも、ただの気まぐれだったのかもしれない。

メルティア達が帰国する際、贈り物だといっていくつかの品が渡されたのだが、その中に、鞍《くら》の一部に本物の宝石がはめ込まれ、美しい色で塗られた木馬もあった。

それもまた、ウィレムはたいそう気に入り、いつか自分に子供ができた時にも使うのだとピカピカに磨き、使わなくなってからも厳重に保管していた。

「そうか。気に入ったのならよかったんだが――弟はどうしている？　一緒に暮らしているのか？」

「いいえ……あれから弟の行方は知れなくて。ずっと家臣達も探してくれてはいるのですが」

ネディス王国に攻め込まれた時、父は兵士達を率いて、民を守るために応戦した。メルティアとウィレムは城に残り、民達を避難させたり、治療の手伝いをしたりしていた。

だが、ネディス王国の軍勢は、メルティア達のいた城にまで到達した。最後の最後まで城に残っていたけれど、とうとう墜《お》ちた時、バラバラになって逃げたのである。

「私は、私の乳母夫婦と。弟は、弟の乳母夫婦と一緒に逃げたのですが……それきり、連絡が取れなくて」

塗られた薬が効き始めたのか、足首の痛みはいくぶん楽になったようだ。だが、弟のことを思い出せば、今度は胸の方が痛くなってくる。

「おそらく、父は亡くなっているでしょう。戦の中心にいたはずですから。でも、弟は生きている――そう信じたくて、しかたないのです」

メルティアの乳母夫婦が、商人として生活しながらも、エトニア王国の再建に力を尽くしてくれたように。

弟について行った家臣達も、同じように弟を大切に育ててくれているのではないかと信じたかった。たとえ、八年という年月の間、一度もメルティアの元に連絡がなかったとしても。

「なぜ、弟と一緒に逃げなかった？」

「同時に捕まれば、王家の血が絶えてしまうからです。こうして、私だけが残っていることを考えると、それが正解だったのかどうかは……今となっては、わかりません」

弟と最後まで一緒にいた方がよかったのではないだろうか。あの時、ウィレムはまだ四歳だった。その後悔は、今も残っている。

「王家の血、か……」

ルディウスは、小さくため息をついた。それから、メルティアの隣にすとんと腰を下ろす。

――な、なんで？

唐突に隣に腰を下ろされ、メルティアは混乱した。

先ほどから、自分だけが座っているという状況に落ち着きを失いつつあったのだが。

だが、隣に座られると、先ほどまでの心臓のドキドキは、たいしたことがないような気がしてくる。

――十年前も、この方は優しかった。

十年前のメルティアといえば、まだ幼かった。そんなメルティアの相手を嫌がらずにしてくれて、弟への土産物を探すのに付き合ってくれた。

まるで懐《なつ》かしい故郷に帰ってきたような、不思議な安堵感を覚える。隣に座られて緊張したくせに、このまま離れたくないような、そんな気もする。

――今日の私は、どうかしているわ。

メルティアは自嘲《じちょう》した。懐かしい人と久々に会って、感傷的になっているのだろうか。今はそれよりも、先に考えなければならないことがあるのに。

「これから、私は……どうしたらいいのでしょう?」

「俺について来い。ネディス王国のやり方は、目に余る――お前には、話しておいた方がいいだろう。だが、内密にしておいてほしい」

「私が聞いても、かまわないのですか?」

いきなり内密の話とは。今さら、何を言われても驚くべきではないのかもしれないが、どうしたって緊張し、身構えてしまう。

「かまわない。お前達にも、関わってくることだからな。お前達を捕らえていた組織は、ネディス王国と繋がっていた」

「なぜ、そんなことを知っているのですか?」

「俺が、この件の調査にあたっているからだ」

ルディウス自ら、調査にあたっているとは。想像以上に、事態は深刻なようだった。

「今日つぶしたのが、最後の拠点だ。これで、一安心できる」

「……ありがとう、ございます」

他になんて言えばいいのだろう。彼が行動していなかったら、メルティアは今、ここにはいない。

「問題ない。ところで、しばらくの間は皇宮に残り、俺と行動を共にしてもらうぞ」

「……え？」

たしかに、今のメルティアには行く当てなんてない。

だが、ルディウスと行動を共にするだなんて——今、まさにこの瞬間、メルティアの運命は変わり始めたのかもしれなかった。

「私が……ですか？」

「ああ。エトニアの王女を、放り出すわけにはいかないしな」

「……ありがとうございます」

正直なところ、どこに行ったらいいのかもわからなかったので、ルディウスの言葉は、メルティアにとっては思いがけない幸運だった。

◇　◇　◇

ルディウスが皇帝となって二年。国内の状況は、彼が思っていた以上に荒れていた。

「……人身売買の被害者が、また出たというのか？」

「はい。ネディィス王国との国境付近での被害が多発しているようです——旧エトニア王国のあたりですね」

側近のエルートが、眉間に皺《しわ》を寄せる。ルディウスの側近という地位についているが、エルートはもともと平民の出身である。

顔立ちはさほど似ていないのだが、体格や髪の色がルディウスによく似ている。ルディウスの声色を真似るのも非常に巧みだ。

そんなわけで、最初はルディウスの影武者としての役割を与えられることが多かった。だが、エルートはそれだけではルディウスのためにならないと思ったらしい。

影武者に取り立てられた五年前当時は、読み書きと簡単な計算しかできなかったはずが、今ではルディウスの判断を仰ぐまでもなく、彼自身で処理することのできる仕事が多くなるほどに成長した。

「ネディィス王国か。あの国の内情は、ひどかったな」

「それはそうでしょう。先王の政策を引き継ぎ、あちこちに無茶な戦を仕掛けては領土を拡大していますが、人心までは得られない。あの国の内情がガタガタになるのも当然ですよ」

「……かつて、エトニア王国を滅ぼした時のように、か」

「エトニア王国の金鉱が魅力的だったというのもあるのでしょうね」

エルートとの会話をしていると、昔、一度だけ顔を合わせた少女のことが思い出される。

ルディウスが皇太子となったその年。帝国には各国から客人が訪れていた。

エトニア王国王女メルティア。国に残してきた弟のためにと、土産物を探す姿は愛らしかった。

その時、彼女の父がこの国を訪れたのは、ルディウスの祝いのためだけではなかった。エトニアで見つかった金の採掘に、帝国の手を借りたいと交渉するために来たのである。

――もともとネディス王国は、ディミリア帝国と並ぶほどの大国だった。だが、圧政を敷いた王家に民は反発。

住み慣れた土地を捨て、逃げ出す者が多数出た――というのは、歴史の教科書にも書かれていることだ。

エトニア王国は、ネディス王国から逃げ出した人々が山の間に建国した小さな国だった。

金の採掘に帝国の協力を得ることで、帝国の傘下に入ろうという目論見もあったのだろう。

しかし、当時の皇帝であった父は、エトニア国王の願いを退《しりぞ》けた。エトニアの金にもたいした魅力を見いだせなかったのだ。

エトニア国王は、自力で金の採掘を始める準備に入ったという。だが、その準備をしている間に、情報がネディィス王国側に漏れてしまったようだ。

ネディィス王国は突如エトニア王国に攻め入った。王城は陥落。王族は行方不明になったという話だ。

帝国とネディィス王国の間には、小競り合いが起きたり、平和な時代が続いたりと、微妙な関係が続く中、帝国内で人身売買が行われているという情報が、ルディウスの耳に入った。

今のネディィス王国、旧エトニア王国から攫われてくる者が大半だが、帝国やネディィス王国の民も含まれているらしい。

売買されるのは、肉体労働を担《にな》わせるための労働者。安く買いたたき、使えるだけ使い、つぶれたらそのまま遺体を始末してしまうのだという。

そして、愛玩用――と言えばいいのだろうか。幼い子供や、若い娘なども売買の対象だという。誰にも知られないところで、金持ちの性的嗜好《しこう》に合わせて弄《もてあそ》ばれるだけ。

こちらも、いずれは捨てられることになる。娼館には、主《あるじ》の興味を引けなくなった者達が売り飛ばされ、客を取ることを要求されているのだという。

「……調べは？」

「次のオークションは、三日後に開かれます。招待状も入手しました。ここで、客も一気に捕らえてしまいましょう」

買い手は、ディミリア帝国の貴族が多いという。この際だから、彼らも一緒につぶしてしまおう。それには、信頼できる人間だけで行動することが大切だ。

「エルート、俺も出る。今から俺の言う者を集めておけ」

「――かしこまりました」

エルートが丁寧《ていねい》に一礼する。組織を壊滅させねばならないと改めて決意した。

密かに部下を紛れ込ませ、ルディウスも〝商品〟の見張り役として潜《もぐ》り込むことに成功した。

その時、目玉商品として捕らえられていたメルティアを見た。一緒に捕らえられている娘を慰《なぐさ》め、かばい、子供達を抱きしめる。自分だって怖いはずなのに、それを表に出さないよう努力しているようだった。

――十年ぶり、か。

弟に土産を買うのだと言って、商品を選んでいた小さな横顔を思い出す。あの時も、弟のために一生懸命だった。

自分より弱い者を守ろうとするその心根が美しいと、心の中で賞賛の言葉を贈る。それが、メルティアに届くことはないだろうけれど。

「準備が整いました」

ルディウスの代わりに、オークションへの入場受付をすませたエルートと、こっそり入れ替わる。

万が一、顔を見せろと言われた時のために、入場はエルートに任せることにした。

ルディウスとエルートは、体格はよく似ているが、顔はそこまで似ているというわけではないからだ。

だが、仮面をつけ盛装すれば、二人の区別をつけるのは難しい。エルートは、ルディウスに声まで似せるよう訓練しているからだ。

一度受付さえすませてしまえば、顔を見せろと要求されることはないだろう。

オークションで、メルティアを最高値で競り落とす。一瞬でも、他のものに所有権を渡すのが許せなかったのはなぜか、自分でもわからない。

——さて、これからどう動くべきか。

オークションで集められた人達を元の生活に返してやり、戻れない者については、身の振り方を考えなければならない。

それにしても、自国内でこんな犯罪が行われていたと思うと腹立たしい。

「陛下、彼女は本物のエトニア王女ですか？　たしかに、この肖像画によく似ているようですが」

司会者の手からペンダントを取り上げたエルートが問う。そのペンダントは、エトニア王家の者が持つ品だという話だった。

「確認してみよう。本物だとは思うが。とりあえず、別邸の方に全員連れて行け」

ここは、皇宮から三日ほどの距離にある町だ。ここから全員、皇宮に連れて行って面倒を見るつもりである。

ルディウス達は馬を飛ばし、通常なら三日かかるところを二日に短縮したが、被害者達を馬車で移動させるとなると、通常の倍ほどの時間は見ておいた方がいい。

別邸へ連れて行った子供達は、まとめて一部屋に入れ、乳母の経験がある女性を数人集めて面倒を見てもらうこととした。

メルティアの他に数名いた年頃の娘達は、一人一人別々の部屋に通して丁寧にもてなす。どこから攫われて来たのか、今後どうするつもりなのか。年の近い侍女に頼んで、話を聞いてもらうよう手配した。

メルティアだけはルディウス自身で話をすることにしたが――間違ってはいなかった。

たった一度の出会い。その時、どんな会話を交わしたのか。

それを知るのは、ルディウスとメルティアだけ。正確な言葉ではなくても、二人は同じことを思い出していた。

間違いない。彼女は、故エトニア王国の王女だ。

第二章　国を治める者の義務として

人身売買の組織から救出されて一週間。

メルティア達は、ディミリア帝国の皇都ルクソアに連れてこられていた。

——このお城、思っていた以上に大きいわ……！

皇宮について真っ先に思ったのは、記憶と現実の違いについてだった。メルティアの記憶にあるよりも、ずっとこの城は大きくて立派だ。

——ああ、でも。あの時は、外からこのお城を眺《なが》める機会はほとんどなかったから、室内の様子ばかり記憶していたのかも。

十年前、メルティアは父に連れられて皇宮を訪れた。

自分の思うように行動できる機会はほとんどなく、街に出ることを許されたのも、弟への土産を買ったその時だけ。

子供の記憶なんて、簡単に塗り替えられるものなのかもしれなかった。

捕らえられていた人達は全員、ルディウスとその護衛に守られてディミリア王国の都ルクソアまで連れてこられていた。

子供達の中には、自分がどこの誰なのかわからないほど幼い者もいたのである。

「ずいぶん、子供達に懐かれているんだな」

ルディウスはメルティアを別の馬車に乗せようとしたけれど、子供達はメルティアにべったりで離れようとしなかった。

「……ずっと一緒でしたから」

一番幼い子供がおそらく五歳。自分で五歳と言っていたが、もう少し幼いような気もする。

十二歳の少女は、旧エトニア王国の人間だそうだ――今は、ネディス王国に併合されてしまっている。

それから、メルティアの前に落札されていた、美貌《びぼう》のレティス他数名の少女達。

怯《おび》える子供達を放置しておけなくて、見張りの男達を怒らせない程度に話を聞いたり、歌を歌ったり。時には子供の頃の話を聞かせたこともあった。

メルティアがそうしているのを見て、レティスや先に売られていった少女達の何人かも、子供達の相手をしてくれるようになった。たぶん、自分より弱い者を守ることで精神の均衡を保っていたのだろう。

「そうか。それで、今後のことだが、メルティアには、ここにとどまってもらいたい」

「承知しました……ただ……乳母《うば》達がどうなったのかが心配で」

国が滅びた時、メルティアを守って国を脱出した乳母家族。市井《しせい》に溶け込み、懸命にメルティアを育ててくれた。

弟がどこに行ったのか。それさえもわからず、国の復興は夢のまた夢。

そんな中、乳母達との生活は、メルティアの心を穏やかにしてくれた。メルティアと一緒に育った乳母の娘は、熱心に口説かれて近所の商家に嫁いでいった。最後に会った時には、幸せそうに微笑《ほほえ》んでいたのを思い出す。

暮らしていた家が襲撃された時、乳母達とはバラバラになってしまった。嫁いだ娘の家に避難できていればいいが、無事だろうか。無事だとしたら、今頃メルティアを探しているのではないだろうか。

「元の家に、使者を出そう。見つからなければ、探すよう合わせて命令しておく」

「そこまで……甘えてしまっていいんでしょうか」

「他にも、メルティアにはやってもらわなければならないこともあるからな。しばらくの間は、ここで暮らすといい」

ぽんと頭に手が置かれる。そうされると、自分が実年齢より幼くなったように感じられた。

彼の手から伝わってくるのは、まるで妹に対するような優しさで。

その温かさにすがりそうになる反面、胸の奥から、名前のつけようもないもやもやとした感情が込み上げてくるのも覚えた。

——私、なんだか変だわ。

幼い子供のように扱われると、胸のあたりがもやもやとする。たしかに、ルディウスからしたら、メルティアは幼子のようなものなのだろう。

貴族としての教育を乳母夫婦は懸命に与えてくれたけれど、一国の王となるならば、それだけでは足りない。いや、エトニア王国はもう滅んでしまっているのだから、必要最低限で十分なのかもしれないが。

「……メルティア」

ルディウスが目の前にいるというのに、うっかり自らの思考に沈んでしまったらしい。また、ぽんぽんと頭に手を置かれる。

——子供ではないのに。

「小さなことは気にするな。俺はお前を買い、お前を好きにさせてもらうと言っただろう。俺のところに来たんだから、このくらいは当然なんだ」

こちらを見下ろすルディウスには、悪意などまるで感じられない。

黒い瞳は真正面から、ためらうことなくメルティアを捉えている。彼の瞳に映る自分の顔を見ながら、メルティアは口角を上げた。

「――ありがとうございます、ルディウス様」

とはいえ、ここでただお世話になっているのも心苦しい。

――もう、私の国は存在しないけれど。

国は滅びてしまった。しかし、曽祖父が建てた王家の血を引いているのはたしかだ。できる限りの恩返しはせねばと、こっそり心に決めた。

そんな会話があってから案内されたのは、一国の王女が滞在するのにふさわしい部屋だった。

おそらく、名のある職人の手による家具ばかりなのだろう。

天蓋《てんがい》式のベッドには、レースの幕がかけられている。白一色で統一された寝具もまた、レースをあしらったものだった。

壁際には繊細な彫刻の施された飾り棚。飴《あめ》色をしたテーブルに向き合うように設置されているのは、華やかな花柄の織り込まれた布の張られたソファ。

花台には白地に金で装飾した花瓶が置かれ、薔薇《ばら》を中心とした花々が、これでもかと香りを振りまいている。

メルティアが暮らしていた城は、ここまで豪華ではなかった。山間のさほど豊かではない国だったこと、曽祖父によって建国された、歴史の浅い国だったというのもその理由だろう。

そして続く衣装室には、多数のドレスが用意されていた。大急ぎで用意したものらしく、これからメルティアの身体に合わせて調整するのだそうだ。

だが、どのドレスも最高級の服地を使い、一流の職人が腕をふるった細やかな刺繍《ししゅう》が施されていたり、レースで飾りつけられたりしたものばかり。

——こんなドレス、着たことがないわ。

かつて、メルティアが袖を通していたドレスより、はるかに高価なドレスだ。

それに、城を追われ乳母達と暮らすようになってから、ドレスなんて着る機会はなかった。もう王女ではないのだから、ドレスを身に着ける機会はない——そう思っていたのに。

いつかは、国を再建する。そう誓って旧臣達を集め、再起の機会をうかがってはいたけれど、ネディス王国に対抗できるだけの勢力に発展するまでは、まだ時間がかかりそうだった。

——民を守ることもできないなんて。

メルティアの存在価値は、ただその血筋だけ。自分の力では、民を守ることさえできないのがこんなにも悔しい。

自分が攫《さら》われるまで、旧エトニア王国の民が人身売買されていたなんて、想像もしていなかった。自分の力では、民を守ることさえできないのがこんなにも悔しい。

ルディウスが助けに来てくれなかったら、きっともっと多くの被害が出ていただろう。

――近頃は、帝国の人々も被害にあっていたという話だものね。

メルティアが身を潜《ひそ》めていたのは、かつて、エトニア王国とディミリア帝国の国境があったあたりだった。メルティアの存在を確信した人身売買組織の男達は、住んでいた家を襲撃してきたけれど、それ以外にも国境付近では、ディミリア帝国の民が何人も行方不明になっているそうだ。

あの時、ルディウスが助けに来てくれたのは、帝国の民を救い出すため。だが、彼と再会できたのだから、運命のめぐりあわせに感謝するしかない。

皇宮に入って二週間。ルディウスがメルティアのところに来ることはなかった。オークションを運営していた組織を壊滅させた後始末が忙しいらしい。

ルディウスは、メルティアをあくまでも客人として扱うつもりのようで、「買ったのだから好きにさせろ」なんて口にした割に、メルティアは最上級の客人扱いだ。

別の機会に救出された人達も皇宮で保護されていたのだが、半数以上が自分の家へと戻っていった。子供達も、身元がわかった者はルディウスの部下達が丁寧《ていねい》に送り届けたという。

「まあ、レティスは仕事が決まったのね」

「ええ。都の隣にある町で、パン屋で働くことになったの……じゃなかった、なったんです。これもメル……いえ、メルティア様のおかげ……です……ね」

「そう、固くならないで。あなたがいてくれたおかげで、私もあまり怖いと思わないですんだんだもの」

あの時、メルティアは自分が王女だとレティス達に名乗ることはなかった。ただ、メルと呼ばせていた。

どこかに売られていくのなら、メルティアという名はもう不要だろうと思っていたし、あの場にいた皆に、必要以上の恐怖を押し付けることはしたくなかった。

久しぶりに会ったレティスは、皇都ルクソアで暮らすことにしたそうだ。

「実家もないので、この国で暮らしていこうと思います」

レティスは、旧エトニア王国の出身だった。両親ももういないため、この国で生きていくことにしたという。

「そう……よかった。どうか……元気で。手紙をくれる？」

レティスの方に手を差し伸べると、レティスは驚いたように目を丸くした。数度瞬きを繰り返したのち、満面の笑みを浮かべる。

「ええ、もちろん！　もちろんですとも！」

二人は手をしっかりと取り合ったけれど、レティスは表情を曇らせた。

「私は、仕事が決まったからいいけれど……半分はまだ決まっていなくて。皇宮で働くわけにもいかないし……」

「……陛下に、お願いしてみます。私に任せて」

メルティアのその言葉に、レティスはまた、嬉《うれ》しそうに笑った。

レティスを送り出してすぐ、メルティアはルディウスに面会できないかと侍女に尋ねた。

メルティアが皇宮に来てから、ルディウスとは顔を合わせていない。

忙しいのはわかっていたし、自分が彼の時間を奪ってしまっていいのかもわからなかったから、今までメルティアから面会したいと申し出たことはなかった。

だが、これはきちんとした用件だ。五分くらい彼の時間をもらっても問題はないだろう。

驚くべきことに、ルディウスとの面会は速《すみ》やかに整えられた。皇帝に謁見《えっけん》するにふさわしい身なりに改めて、メルティアはルディウスの執務室に足を運ぶ。

侍従に扉を開いてもらい、中に入ったところで足を止めてしまった。

広い部屋にいるのは、ルディウスの他五名ほどの男性だった。見覚えがあるのは、エルートだけだ。他の人々もルディウスの側近なのだろう。

彼らは書類に視線を落としては何か書き込み、別の書類を取り上げている。かと思えば、隣のデスクにいる人と静かな声で会話を交わし、用件が済めば再び自分の仕事に戻っている。

「……お忙しいところ、押しかけてしまって申し訳ありません。陛下」

そっとルディウスの前で頭《こうべ》を垂れる。皇帝への礼儀は、これであっているだろうか。手を止めたルディウスは立ち上がると、メルティアを用意されている椅子《いす》の方へと誘った。

「そこに座るといい。どうした？」

「先ほど、レティスが挨拶《あいさつ》に来てくれたのですが――」

レティスとの会話について語ると、ふむ、と言ったルディウスは、顎に手を当てて考える表情になった。

ルディウスの方でも、仕事の斡旋《あっせん》はしているのだが、なかなか決まらないようだ。

「それで、メルティアはどうしたいんだ？」

「もし、よろしければ……私にもお手伝いをさせていただけないかと思って、ここに来ました。そろそろ、私も働くべきだと思うんです」

捕らわれていた娘達の仕事だけではない。子供達のこともある。時々様子を見に行ってはいるが、もっと子供達と過ごす時間を増やしたい。

そう願い出ると、ルディウスはうなずき、さらに力を貸してくれることを約束した。

ルディウスと話をした数日後。

「これで大丈夫ですか？」

ルディウスがつけてくれた侍女に向かって、メルティアは問いかける。

侍女が選んだのは、若草色のドレスだった。白いレースがたっぷりと使われていて、非常に繊細な品だ。髪は緩く編んで、肩から胸元に垂らすように流されている。

小粒だが上質の真珠が、メルティアの耳と首に飾られている。

このようなドレスをまとう機会はなかったから、今の自分の装いが洗練されているのかまったくわからない。

──似合っているようには思えるけれど……。

若草色は、メルティアの肌によく映えるというのは、ここに来てから初めて知った。顔がいつもより明るく見える。

「とてもお美しいですよ」

「……そう？　それならいいのですが」

ドレスは文句なく美しいし、真珠も同じだ。だが、美しく装った自分の顔を見るのは落ち着かない。

支度を終えたメルティアが場所を移したのは、ルディウスから使用を許されている一室だった。白く清潔なクロスがテーブルにかけられ、その上には金縁のティーセットが用意されている。

――こういったお茶会は、未経験だから……。

使用人達が行ったり来たりして、室内を整えていくのを見守りながら深呼吸を繰り返す。

今日は、この国の貴族達と顔を合わせるのだ――それも、年の近い女性達と。それは、ルディウスが先日約束をしてくれた支援の一つだった。

「お招きありがとうございます。メルティア様」

やがてやって来たのは、フェルステーフ公爵令嬢マリエッテをはじめとした、ある程度身分の高い女性ばかりだった。

既婚の女性もいれば、未婚の女性もいる。ちらりと、メルティアはマリエッテに目をやる。

――ずいぶん堂々としていらっしゃる。私も、こういう風に振る舞わなくてはならないのよね。

黒い髪をきっちりと結い上げたマリエッテは、今日は招待客であるにもかかわらず、この場の女王のように堂々として見えた。

大胆な刺繍の施されたオレンジ色のドレスが、彼女の美貌に花を添えている。

「いえ、こちらこそ……私の方からは、皆様にお願いしなくてはならないこともあるのです」

メルティアは一同を促して、席に着く。

――大丈夫、大丈夫。平常心でいれば……。

メルティアの正面に座ったのは、マリエッテだった。彼女の視線が、うかがうようにこちらを見ている。

大きな黒い瞳、高い鼻梁。メルティアの好みからすればいくぶん濃すぎるが、少し濃い目の化粧は彼女の美貌にはよく映えていた。

真正面からメルティアの瞳を捉えたマリエッテは、ゆっくりと口角を上げる。まるで、この場の主役は、自分だと暗示しているかのようだった。

「まあ、メルティア様のお願いだなんて。もちろん、私達全力で協力させていただきますと
も――皆様もそうでしょう？」

テーブルには十名ほどがついている。彼女達は、マリエッテの言葉に揃ってうなずいた。

メルティアの言葉よりも、マリエッテの言葉の方が、影響力があるようだ。

「――それで、どのようなご協力を？」

この国は豊かだ。紅茶のカップに手を伸ばしながら不意にそう思う。

鮮《あざ》やかな水色に、よい香りのする紅茶。テーブルには、城に務める菓子職人が懸命に作り上げた菓子が置かれているけれど、まだ誰も手をつけていない。

「皆様は、私が捕らえられていたことをご存じでしょう?」

わずかに首を傾《かし》げて問いかければ、彼女達は一様に同情的な表情になった。その表情さえも、マリエッテのものを意識しているようだ。

「……恐ろしいことですわ。この国に、あのような賊《ぞく》が入り込んでいたなんて」

マリエッテは、両腕で自分を抱きしめるようにして身を震わせた。

集まった女性達の反応も似たようなものだ。

「助けてくださった陛下には、感謝しているのです。あのままだったら、私達――もっと恐ろしい目に遭わされていたでしょうから」

「攫われてきた者達は、皆、自分の家に帰ることができたのですか?」

「いいえ、帰る家がない者もいるのです。今日皆さんにお願いしたかったのは――彼らの働き口を見つけたいと思ったからなんです」

事情があって国に戻れない者もいる。自分の食い扶持《ぶち》くらいは自分で稼ぎたいと、皆働くことを希望した。

だが、この城では、身元の知れない者を働かせるわけにはいかない。だから、この国の貴族達に協力を求めることになったのだ。

ルディウスの言葉により、半数は仕事が決まったのだが、残る半数はまだ決まらず。彼女達の就職先を見つけるのが、今日の目的だった。

「皆さんの家に出入りする商人や職人、そういったところで働き手を探している人はいないでしょうか？」

メルティアの言葉に、皆難しい顔になる。家に出入りする者達が、どのような働き手を必要としているか、彼女達ではわかりかねるのかもしれない。

「わかりましたわ、お任せくださいませ」

やはり最初に口を開いたのはマリエッテだった。彼女は、自信満々に言い放つ。

「我が家の領地には、大きな農場がいくつもあります。そこでは、いつでも働き手を募集しています――その、田舎《いなか》に行くのが嫌でなければ、ですが」

「フェルステーフ公爵領は田舎などではありませんわ」

「ルクソアに負けず劣《おと》らず栄えているではありませんか」

どうやらマリエッテの家では、農場で働く者を募集中のようだ。

この国に残ることを選んだ者の中には、力仕事もいとわないという者もいたから、彼らなら働けるかもしれない。

「戻ったら、出入りする商人に手紙を書きますわ。きっと、働き手を探している者もいるでしょうから」

「ありがとうございます、マリエッテ様」

メルティアが礼を述べると、その場の空気がほっとしたようなものに変化する。

「私もそうします」

「我が家の使用人にも聞いてみます。商家から働きに来ている者もいますし」

「そうだわ。庭師なら雇えるかも――」

マリエッテの言葉に同意するように、次々に協力を申し出る声が上がる。

「皆さん、ありがとうございます。旧エトニア王国に――家もないのに戻れとは言えなくて」

「最初に協力をお申し出になった、マリエッテ様の優しいお心遣いのおかげですわね――陛下のお妃様になられるだけのことはありますわ」

メルティアに聞かせようとしているのだろうか。マリエッテの隣に座っていた娘が、口にした。

――そ、そうなの……。

どうして、彼女の言葉に、こんなに胸が痛くなるのだろう。ルディウスには、助けてもらったというだけの立場なのに。

「いえ、まだ決まったわけではないわ。身分が釣り合う中で、一番の候補者が私だからというだけのことでしょう」

マリエッテが続けて説明するには、もう主だった家の娘は大半が結婚しているが、マリエッテの他にも何人か候補者がいるらしい。

「陛下がなかなかご結婚なさらないので、私達心配しているのですけれど……」

と、既婚の女性が口を挟む。彼女もまた、マリエッテに近い立場のようだ。

本日、一番大事な用件をすませてしまえば、あとの会話は和やかなものへと変化していく。用意されている茶菓子に、招待客達は手を伸ばす。口々に菓子職人の腕前を褒《ほ》め、満足した様子で帰っていった。

――疲れた……！

最後に出て行ったマリエッテを見送り、メルティアはその場に座り込んでしまった。こんな風に人前に出る機会なんて、もう何年もなかった。

国が滅びた時のメルティアはまだ十歳。王女として挨拶をすることはあっても、最初から最後まで一つの会を任されるにはまだ幼かった。

――でも、懸念事項の一つは片付きそうだものね。

今日の彼女達の様子からすると、なんとか全員仕事を見つけることができるだろう。

それにしても――とメルティアは思う。

マリエッテはとても美しかった。大国の貴族の娘として生まれ育ち、自分がこの国の女性として最高の地位に就くとわかっていたら、あんなにも堂々とできるのだろうか。

――私とは、まるで違うわ。

マリエッテと顔を合わせるのは今日が初めてだったけれど、つい卑屈《ひくつ》なメルティアが顔をのぞかせる。

この皇宮に、自分はふさわしくないとわかっているからだろうか。

「メルティア、入るぞ」

部屋に入ってきたルディウスは、床の上に座り込むようにしているメルティアを見て顔色を変えた。

「どうした、何か問題があったのか？」

「いえ……これだけたくさんの人とお会いするのが久しぶりだったので、少し気を張りすぎたみたいです」

「それだけならいいんだが」

メルティアの側《そば》に近寄ったルディウスは、ひょいとメルティアを抱え上げる。

「な、な――歩けますっ！　自分の足で歩けますよ私！」

つい、淑女の礼儀も忘れて、大きな声を上げてしまった。

たしかに一気に身体が重くなり、床に座り込んでいたのはあまりよくなかった。侍女達にも、呼ぶまで誰も入ってこないよう言ったのが悪かったのだろう。

侍女達がいれば、あそこまで気を抜かなかったかもしれない。

「まあ、そう言うな。俺が、こうしたいんだから」

メルティアの抗議など耳も貸さず、ルディウスは悠々と歩いていく。そしてメルティアを抱えたまま、ソファに腰を下ろした。

――どういうつもりなのかしら、この方。

ルディウスの身体は大きい。それに、しっかりと筋肉がついているのを、これだけ密着していると否応なしに意識してしまう。

そもそも、異性に対する免疫というのは限りなく低い方であり、密着しているというだけで、メルティアの心臓はドキドキとし始めた。

「今日は、大変だっただろう。どうだった？」

「そうですね……働き口を見つけたいという人達に、就職先を世話することはできそうです。

フェルステーフ公爵家のマリエッテ様が、とても協力的で」

「マリエッテ嬢か」

やはり、ルディウスはマリエッテのことをよく知っているらしい。彼がマリエッテの名を呼ぶのに簡単に動揺してしまう。そんなことを言える立場でないのは、よくわかっているはずなのに。

「父親のフェルステーフ公爵は頼りにできる男だ。それで、友人はできそうか？」

「ゆ、友人、ですか？」

密着している間に、ルディウスの心臓の音に耳を傾《かたむ》けていたら、不意にそんなことを問われる。自分の心臓はドキドキしているのに、ルディウスの心臓はゆったりと鼓動を刻んでいるのだな――などと考えていたものだから、反応が遅れた。

「そうだ、友人は必要だろう？　この国にいるのだから、友好を深めればいい。頼りになる家臣の娘、メルティアと気の合いそうな娘などを呼んだつもりだが」

「あの、それで私に……皆を招待して、就職の斡旋を頼めと？」

「……そういうことだ。もし、他の者がいいのなら」

「いえ、そういうわけでは。そのように、お気遣いいただいていたとは想像もしていなかったので」

たしかにメルティアは客人待遇での招待なのだが、まさかルディウスがそこまでメルティアのことを気遣ってくれているとは思わなかった。

正直に言ってしまえば、あの場の主役はメルティアではなくマリエッテだったようにも思う。

だが、フェルステーフ公爵といえば、最も力を持つ家臣の一人だから、彼の身内を招待しないというわけにはいかなかったのだろう。

マリエッテが、真っ先にメルティアに賛成してくれたからこそ、話が早く進んだというのも否定はできない。

――それに。未来のお妃様と私に親しくしてほしいというお気持ちなのかもしれないし。

今日聞いた話では、マリエッテはルディウスの妃候補の中でも一番有力な候補だという。となれば、マリエッテの存在を無視するわけにもいかないのだろう。

「……お気遣い、ありがとうございます。私のことは……あまり、お気になさらないでください。大丈夫です」

メルティアが暮らしていた乳母の家に使いを出し、メルティアの生存が彼女達に伝わるようにしてくれた。メルティアを見つけたと大々的に喧伝したおかげで、帝国内にいた旧家臣の存在を知ることもできた。

一緒に捕らえられていた旧エトニア王国の民を救うこともできたし、これ以上、何を望めばいいのだろう。

自分の感情に振り回されているメルティアと違い、ルディウスの方はとても冷静なようだった。メルティアを膝の上に乗せていてもまったく動じていないのだから、メルティアのことはなんとも思っていないのだろう。

それならば、そろそろ膝から降ろしてもらいたいものではあるが。

「菓子がずいぶん残っているな」

「たくさん用意してもらいましたから――それに、今日の招待客は若い女性ばかりでしたので」

甘いものを好む女性は多いが、あまり食べては太ってしまう。

そのため、テーブルに並んでいる菓子に皆手はつけていたけれど、全部食べ切るというわけにはいかなかった。

「やはり多かったか。侍女も多いとは言っていたんだが――女性の食べる量というのは、よくわからないな」

彼の言葉に、思わず顔を見上げてしまう。

――このお菓子、陛下が言いつけてくださったの？

今回、メルティアは茶会についてほとんど関わっていない。招待すべきメンバーというのは、ルディウスの命令を受けた使用人が選んでくれた。

招待状はメルティアが書いたが、内容についてもルディウスの側近に教えてもらいながら書いたのである。

会場の準備は、慣れた侍女達が行ったから、メルティアのやるべきことというのは本当に少なかった。

「侍女の言うことに従っておくべきだったな。まあ、いいか。エルート、バスケットを持ってきてくれ」

「……え？」

かしこまりました、とエルートの声が聞こえて、メルティアは目を丸くした。

エルートが室内にいたとは思わなかった。というか、ルディウスの膝の上にいるところを、エルートに見られていたと思ったら、一気に顔に血が上った。

「降ります！　降ります！　降ろしてください！」

身体をくねらせて、ルディウスの膝の上から降りる。

スカートを引っ張って整えている間に、エルートが大きなバスケットを持って戻ってきた。

「貸せ。食べきれなかった分は、子供達に持っていってやろう」

今日の会には、手で摘まめるような焼き菓子ばかりが出されていた。ルディウスは自らバスケットの中に焼き菓子を放り込んでいく。

「あの、あの……陛下？」

「今日はもう予定は入っていないんだろう？　行くぞ」

「行くぞって、どこに……あ、待ってください！」

それはもう明るい笑みをメルティアに向けて、ルディウスはさっさと廊下に出て行ってしまう。ぽかんとして立ち尽くしていたら、エルートがそっとメルティアを促した。

「陛下は、エトニアの子供達のところに行こうとしています」

「——あ、そういうことなんですね……！」

あまりにもルディウスの行動が鮮やかだったので、簡単に呑《の》まれてしまった。彼一人、先に行かせるわけにはいかない。

慌てて後を追うと、ルディウスは部屋を出たところで待っていた。

「行かないのかと思ったぞ」

「いえ……子供達のことまで気にかけていただいて」

「助けた以上、最後まで面倒を見なくてはな」

ルディウスは、なんてことないように口にするけれど、子供達の面倒を見るのは、本来は皇帝の仕事ではない。

——それに、皇帝陛下自ら、バスケットにお菓子をつめるなんて。

先ほどは口にできなかったけれど、バスケットに焼き菓子を放り込んでいるルディウスは、なんだか楽しそうにメルティアの目には映った。

——あの時も、一緒におもちゃを探してくださったし……。

戦場を転戦し、数々の武勇を馳せてきたルディウスのことを、恐ろしいと口にする人もいる。だが、彼の心の中には、とても優しい人もいるのではないだろうか。

この国で、メルティアにできることを探してくれてもいる。

行き先の決まらない子供達が暮らしているのは、メルティアが滞在しているのと同じ建物だ。メルティアも、時間があればできる限りここに足を運ぶようにしている。メルティアの顔を見ることで、子供達の精神状態が安定するからだ。

「メル様！」

「……ええと王様、こんにちは」

「王様ではなくて、皇帝陛下よ？」

子供達には、王と皇帝の違いもわからないのかもしれない。

何人かはルディウスに飛びついてきたけれど、部屋の隅に膝を抱えて座り込んだまま、こちらを見ているだけの子もいる。

「あの子供はどうしたんだ？」

「……仲のいい子供が、親元に帰ってしまって。あの子の親は、どこかに行ってしまったのか見つからないんです」

問われたメルティアの目が、暗い色を帯びた。

子供達は半数が身元がわかり、元の家に帰ることができた。

だが、元の家に戻っても親が姿を消していたり、そもそも自分の名前くらいしかわからない子もいたりで、半数はまだここに残っている。

――この子達の身の振り方も、考えないといけないのだけれど。

だが、それにはメルティアの力だけではどうにもできない。

「よーし、お前達。甘い菓子があるぞ。手を洗ってテーブルにつけ」

甘い菓子という言葉に、子供達の機嫌は一気に上昇した。部屋の隅で膝を抱えていた子供も、興味津々といった様子でこちらに近づく。

「あの、ルディウス様……？」

「たまにはいいだろう。今日の夕食は量を控えめにすればいいさ――今日だけ、な？」

この時間に菓子を与えては、夕食を半分以上残してしまう子もいるかもしれない。口を挟もうとしたら、ルディウスに先に制されてしまった。

——そうね、たまになら。

子供達が、少しでも元気になってくれるのならそれでいい。だが、この時、ルディウスがまた違う計画を立てていたことに、メルティアはまったく気づいていなかった。


それから十日後。

メルティアは、動きやすいドレスをまとって子供達のところを訪れた。立て襟のドレスは、淡い小花模様だ。襟のところに茶色のリボンが結ばれている。

足元は歩きやすいブーツ、日差しを遮《さえぎ》ってくれる大きな帽子。帽子にも、襟のところに結ばれているのと同じリボンが飾られていた。

ルディウスの方も、いつもとは違う服装だ。

白いシャツに茶の上着、上着よりいくぶん色の濃いトラウザーズ。だが、上着は脱いでしまっていて、肩に担《かつ》ぐようにして引っかけているだけ。皇帝らしさというものは、どこにも感じられない。

「今日は、お出かけをするとは聞いていますが、いったいどこに？」

「子供達には、気晴らしが必要だろ？　息がつまらないように気を配っていたつもりだが、やはり城では気づまりだろう」

先日、子供達の様子を見た時に、ルディウスはそう判断したらしい。

──私、そこまで気が付いていなかった。

子供達が元気ないのはわかっていたけれど、友人と離れて寂しいのだとばかり思っていた。

「陛下は、子供達のことも気にかけてくださっているんですね」

「引き取った以上、きちんと面倒は見るべきだ」

不意に、胸が痛いほどの感情に包まれる。

──この人は。

一度懐《ふところ》に招き入れたら、最後まで手を離すことはないのだ。細やかな心配りも、その表れ。

「ほらほら、お前達。ちゃんと、順番を守れよ？」

「大丈夫だよ、陛下！」

メルティアが不思議な感動に包まれている間に、ルディウスは子供達を手際よく馬車に乗せていく。

子供達はすっかりルディウスに懐いているようで、抱き上げられて馬車に乗せられる度に、キャッキャと楽しそうな声が響く。

子供達の馬車には侍女が世話係として乗り込み、ルディウスとメルティアは別の馬車に乗り込んだ。

「陛下は、子供の相手が上手ですね」

「――どうだろうな。まあ、そういうことなのかもしれないな」

ルディウスは、まんざらでもなさそうな顔になる。その表情が妙に微笑ましく思えて、メルティアの口元も緩んだ。

――いやね、私。最近、どこかおかしいみたい。

胸のあたりがざわざわするのも。鼓動が妙に速くなっているのも。

ルディウスの近くにいると、自分が自分ではなくなるような気がする。今日、特にそう思うのは、彼がいつもと違う服を着ているからだろうか。

「今日は、どこに連れて行ってくださるんですか？」

「広いところに行くだけだ」

「広いところって……お城も十分広いでしょうに」

馬車の中に二人きり。とても親密な空気が生まれている。

こんな空気の中、何を話せばいいのかもよくわからない。少し前まで、こんな穏やかな時間を過ごせるとは思ってもいなかった。

ふと気が付いた時には、ルディウスも完全に黙り込んでいた。いや、座席にもたれるようにして目を閉じている。

――お疲れ、なのかしら。

起きている時には気づかせないが、こうして無防備に眠っているところを見ると、いくぶん疲労の色が浮かんでいる。

考えてみれば、一国を背負う人間だ。忙しいのは当たり前で、そんな中わざわざ時間を作って子供達を連れ出してくれる。

――この間のお茶会だって、そうだった。

実際に手を動かしたのは使用人達だが、ルディウスが細かに計画を立ててくれたおかげで、大きな混乱もなく終わらせることができた。

余った茶菓子だって、子供達は大喜びだった。

むしろ、メルティアの存在が負担になっているのではないだろうか。わざわざ、子供達を外に連れ出そうとするのだって大変だ。

じっと見ていたら、無意識のうちにメルティアの視線を感じ取っていたのだろうか。はっと目を開いたルディウスが、こちらに向き直る。

「……寝てたか」

「たぶん……」

額に手を当てた彼は、自分が寝ていたということをまったく認識していなかったらしい。

「驚いた――無意識のうちに人前で寝落ちるなんて。戦場でも、こんなことはなかったのに」

皇太子時代、ルディウスはあちらこちらの戦場に赴《おもむ》き、自ら軍を率いていたという。それが、前皇帝の願いでもあったからだ。

「それだけ、お疲れってことでは……?」

額にやった手を、気恥ずかしさをごまかすかのように前髪をかき上げたルディウスは、メルティアの方にもたれかかってきた。

もたれかかってきたと言っても、完全に体重を預けてはこない。メルティアの肩にかかるのはわずかな重みだけ。だが、その重みに困惑してしまう。

「あ、あのっ!」

「悪くないな」

「悪くないって……」

ルディウスに肩を貸しているというこの親密な空気は、どうしたらいいのだろう。

メルティアの肩に寄りかかって目を閉じているルディウスの方は、そんなことはまったく考えていないのだろうけれど。

「……ゆっくり、お休みなさいませ」

ルディウスが、メルティアの前でこうして無防備な姿を見せるのは、なんだか幸せな気分になってくる。

ちらりちらりとルディウスの方に目をやり、彼の表情を観察してしまう。

睫毛《まつげ》が意外に長い。わりと皺《しわ》の寄っていることの多い眉間《みけん》は、今は彼の平穏を表しているかのように滑らかだった。

高い鼻梁、規則正しく上下する胸。膝の上に置かれている彼の手に、そっと自分の手を重ねてみる。

ルディウスの手は、メルティアのものよりずっと大きかった。そして、剣を持つ彼の手は、ごつごつとしている。指は長く、その先の爪は形がよかった。

――この方に、私は助けられた。

トクトクと規則正しく刻んでいた鼓動が、瞬時にして跳ね上がる。その事実に驚いて、ぱっと手を離した。

何を考えているのだろう。勝手に、異性の手に自分の手を重ねるなんて。

不埒《ふらち》な行動に二度と出ないように、今度は自分の膝の上で両手を強く組み合わせる。

――山道を登っているのね。

ふと、窓の外に目をやれば、いつの間にか景色は一変していた。

馬車が停まり、到着したのは豊かな緑の広がる高原だった。

「――着いたか」

「……あの」

馬車が停まるなり、ルディウスはぱっと目を開く。先に身軽な動作で降りたかと思ったら、メルティアに手を貸して降ろしてくれた。

「陛下、すごいよ！」

「あっちに湖があるの！」

先に降りていた子供達は、わあわあきゃあきゃあと声を上げながら走って来たかと思ったら、ルディウスの手を引っ張り、自分の見せたいものがある方に引いていく。

こら走るな、と子供達に引っ張られながらも、たしなめるルディウスの声が聞こえてくる。

けれど、メルティアはその場から動くことができなかった。ここが、エトニア王国と違うのはわかっている。

けれど、緑の広がる光景は、メルティアが知っていたものによく似ていた。

子供達が元気を取り戻したのも、ひょっとしたらこの光景に懐かしいものを覚えたからなのかもしれない。

子供の世話をするためについてきた侍女達も、子供の元気にはかなわないようだ。戸惑った様子で、子供に手を引かれて走っていく。

「私に、何かお手伝いできることはありますか？」

その光景を、羨《うらや》ましいようにも感じながら、メルティアはエルートの方に向き直った。ルディウスの側近の青年は、平民出身だというけれど、そんなことはまったく感じさせない。

「メルティア様、陛下のお側に行かれては？」

「……でも」

「ここは私達がやっておきますから。今日はメルティア様をねぎらう意味もあるんですよ」

穏やかな笑みを浮かべてそう言われてしまったら、それ以上反論することはできなかった。

エルートに勧められるまま、ルディウスのあとを追って歩き始める。

なだらかな傾斜になっているところを降りた先は、美しい湖だった。

――本当、よく似ている。

懐かしい故郷の景色を思い出し、メルティアの胸がぎゅっと締め付けられる。

「陛下、でっかい木がある！」

「こらこら、それは倒木であってボートじゃない。その木に乗るな、こぎ出すな、そこから水に飛び込むな――俺に水をかけるのもなしだ！　お前ら、俺の言うことを聞かないと帰りの馬車に放り込むぞ！」

子供の順応能力というものは恐ろしい。ルディウスが怒らないのをいいことに、好き放題だ。メルティアは慌てて駆け寄った。

「あ、あなた達何やっているの、陛下――きゃあっ！」

思わず声を上げてしまう。

相手が誰か、本当に子供達はわかっていないのだろうか。三人の子供が一気にルディウスによじ登ったかと思ったら、そのままルディウスと共に水の中にひっくり返ってしまう。

「わー！」

悲鳴を上げたメルティアとは正反対に、子供達は大はしゃぎだ。今日は暑いから、水の中に入るのも気持ちいいらしい。

だが、一国の皇帝相手に、恐れを知らないにもほどがある。

「陛下、大丈夫ですか……？」

頭まで水につかってしまったルディウスは、ボタボタと水を垂らしている。

濡《ぬ》れたシャツがぴたりと身体に張り付いていて、完全に透けている。その身体はたくましく、よく鍛《きた》えられているのがわかってしまい、ドギマギとして視線をそらした。

「あ？　ああ、大丈夫だ――俺もわかってて、こちらから倒れ込んだしな」

子供達の勢いに負けたのかと思っていたら、わざとだったらしい。

よく考えれば、軍人としても名高いのだから、子供の力程度でどうにかされてしまうはずもなかった。

「陛下、陛下、もう一度！」

「もう一度、バッシャーンってやろう！」

「……お前らな」

腕を引かれ、あきれたような声を上げながらも、ルディウスは辛抱《しんぼう》強く子供達に付き合っている。

――どうしよう……私、どうしよう。

ルディウスは、こちらのことなんてまるで気にしていないのだろうが、メルティアの心臓は大暴走だ。

子供達を振り回し、子供達に振り回されているルディウスから、視線をそらすことができなかった。

ルディウスと子供達がびしょびしょになり、馬車を停めたところに戻った頃には、昼食の時間になっていた。連れてきた使用人達が張ってくれたテントで、子供達もルディウスも乾いた服に着替える。

彼らの着替えが終わる頃には、敷物の上に昼食の用意がされていた。簡単に食べられるよう、パンに具材を挟んだサンドイッチが今日の昼食らしい。

塩胡椒してハーブで香りをつけ、こんがりと焼いた肉を挟んだものだけでも、鶏、豚、牛に兎と、種類も豊富に取り揃えられている。ハムにチーズ、香りの高いベーコン、野菜だけを挟んだものなど、その他にも様々なサンドイッチが用意されていた。

「このジャムおいしい！」

ベリーのジャムで顔中べたべたにしながら、女の子が笑う。彼女の頬を濡れた手巾で拭いてやりながら、メルティアは小さく笑った。

「食事をするだけでも、大騒ぎですね」

「子供なんて、こんなものだろ——俺はもっとひどかった」

「そうなんですか？」

子供達の世話をしているものだから、メルティアが食事をする余裕まではない。

「メルティア、口を開けろ」

「……え？」

声をかけられ、振り向けば、一口大に切られたサンドイッチを突き刺したフォークが目の前にある。ルディウスは、メルティアの口元にぐいとそれを押し付けてきた。

「食え。先ほどから全然食べてないだろう」

「あ、ありがとうございます……？」

これはどうなのだろうと思いながら、ありがたく一口いただく。

塩気の効いたベーコンが挟まれている。ベーコンの香りと塩気が、子供達と走り回って疲れた身体に染み入ってくるようだ。

「ほら、これも」

「……はい」

先に子供に食べさせてしまおうと思ったのだが、ルディウスにせっせと世話を焼かれてしまう。なんだかなぁと思いながらも、彼の厚意に甘えてしまった。

思いきりはしゃぎ、お腹いっぱい食べた子供達は、次から次へと敷物の上で眠りに落ちた。

今日は、いつもより少し早く起きたというのもあるのだろう。

その頃にはメルティアも、ようやく食事を終えることができた。

「少し、歩かないか」

「……喜んで」

ルディウスに誘われ、メルティアも立ち上がる。

再び傾斜を降りて、湖に向かった。

「連れて来てくださって、ありがとうございました。あの子達があんなにはしゃいでいるのを見るのは初めてで」

そう口にしながらも、鼻の奥がつんと痛くなるのを覚えた。

――私は、無力だ。

メルティア一人では、子供達からあんな明るい顔を引き出すことはできなかった。人身売買組織に捕らわれていた時も、皇宮の客人となってからも。

ルディウスと再会して以来、自分の無力さを目の当たりにさせられることが増えた気がする。

涙をこらえるように、きゅっと唇を引き結んだ。

「私は、無力です。今まで、何も自分ではできなかった――国が滅んだ時も、そのあとも。国を再興したいと思っても、実際に行動していたのは家臣達でした。私は、ただその場にいるだけ」

その家臣達にも、十分に報いることはできていない。

それどころか、乳母達は住んでいた家を襲撃されることになってしまった。メルティアさえいなかったら、平和に暮らすことができていただろうに。

「この国に来てからもそうです。働きたいと願う者達の働き口を見つけることさえ、私一人ではできなかった」

あの茶会もルディウスが手配してくれたもの。望む者は全員無事に就職できたけれど、メルティアだけでは、実現することはできなかった。

「メルティアは、よくやっている。子供達も、メルティアがいたからこそ無邪気《むじゃき》さを失わないですんだんだろう」

「そうでしょうか」

「人は強大な恐怖を覚えると、立ち直るのに時間がかかる。それは、子供も同じだ」

言われてみれば、たしかにそうかもしれない。母国が滅びたあとのメルティアもそうだった。何か月も逃げ回った時のことを夢に見てはうなされ、泣きながら隣で寝ていた乳母にすがりついたものだった。

「けれど、あの子達は違う」

子供達が眠っているテントの方に、ルディウスの目が向く。

「俺が思っているよりずっと、早く立ち直りつつある。それは、お前が全力であの子達に愛情を注いだからだ」

そういうものだろうか――本当に、そう思っていいのだろうか。

「ネディス王国を、このまま放置しておくわけにもいかない。お前の国《エトニア》も取り戻さなくては――」

「そう、できたらいいんですけど」

今の今まで、自分の無力さを感じていただけに、ルディウスの言葉が耳に痛い。唇を結んだら、彼はとんでもないことを言いだした。

「だが、それには今のままではいけない。俺と、結婚してもらえないか」

その言葉が、不意に強く胸に響く。

「……でも」

マリエッテが、彼の婚約者ではなかったのか。

「生涯大事にする。メルティアが俺の妃となれば――国を取り戻すこともできるだろう」

「……そう、ですね……」

彼のその言葉でわかってしまった。結婚の申し込みは、あくまでも政略的なもの。おそらく、ネディス王国との戦《いくさ》に口実が欲しいのだろう。

そのあたりのことは、なんとなくは理解できた。

――では、私はどう思っているの？

そう問いかけることも、彼の答えが意に沿わないものだったとしても、断るなんてできるはずもない。

ルディウスの助けがなく、あのままオークションで落札されていたら、どんなひどい目に遭わされたことか。

「それに、家臣達が縁談を勧めてくるのも面倒だ。メルティアを娶《めと》れば、彼らを黙らせることができる」

求婚が、そんな理由でいいのだろうか。

「少し……考えさせてはいただけませんか」

「わかった」

こちらに向けられるルディウスの目が優しいと思うのは、そうであってほしいという願いだろうか。腰に手が回され、ルディウスの方に引き寄せられる。

瞬きもせずに見上げると、ルディウスの黒い瞳が柔らかく細められた。

「俺のことは、ルディウスと呼べ」

「……でも」

「メルティアには、そう呼んでもらいたいんだ。その方が親しい感じがするだろう」

それは、なんて甘い誘惑なのだろう。彼のことを、名で呼ぶことを許されるなんて。

――無理だわ。

もう、認めなくてはいけない。今までずっと目をそむけようとしてきたけれど。

――私は、彼に惹《ひ》かれている。

だが、その気持ちを認めるのは正しいことなのだろうか。

「考える理由は、多い方がいいな」

そっと唇が触れ合わされる中、ルディウスの言葉だけが強く意識に残った。

第三章　夢に見ていた求婚とは違うけれど

――口づけて、しまった。

折に触れて、つい唇に触れてしまう。あの時のキスは、なんだったのだろう。

ルディウスが、メルティアに好意を持っている――というわけではないはず。

だって、メルティアにはなんの価値もない。かつて、王女だったというその血筋以外は。

――その血筋だって、百年にも満たない。圧政から逃れた人達が建てた国だもの。

数百年にわたって続き、大陸内でそれなりの地位を持つ国の王女だったら、また話は違ったただろう。長く続く高貴な血統を自分の家に取り込みたいと、そう願う者がいることも知っている。

あの時、触れ合わされた唇は、思っていた以上に優しかった。心のうちに、認めたくない感情が芽生え始めているると気づかせてしまうほどに。

「……考えても、しかたないわね」

ついには、考えることを放棄した。

一人で考え込んでいても、解決できる問題ではないのだ。意識しないうちに、その考えに引きずられそうにはなるけれど、忙しくしていれば、きっと心の片隅に追いやることができるだろう。

国を失い、身元を気づかれないようにして生きてきた期間が長かったからか、諦めるのも早い。自分の手に負えないことは、無理をしてもいいことはないと悟っている。

――そんなことよりも、このお城で役立つことを考える方が先よ。

以前開いた茶会で、メルティアは貴族達に、この国に残りたいと願う者の働き口を世話してほしいと依頼した。

そのおかげで、全員無事に仕事が決まった。その後の状況についても、折に触れて聞いていこうと思う。メルティアが、この国にいる間は。

「本当に皆様、ありがとうございました」

以前と同じ茶会を開いた部屋。同じように集まった女性達に、メルティアは深々と頭を下げる。

「まあ、高貴な方が、そう簡単に頭を下げるものではありませんわ」

慌てたようにマリエッテが口にする。メルティアは、ゆっくりと頭を上げた。

目の前にいる今日のマリエッテは、黄色のドレスを身にまとっていた。白いレースと鮮《あざ》やかな黄色の対比がまぶしい。

それに、やはり彼女の美貌《びぼう》は、この部屋に集まっている者達の中でも群を抜いている。なぜ、こんなにも美しい婚約者候補がいるのに、ルディウスはメルティアに求婚してきたのだろう。

ネディス王国に攻め入る口実だけではない気がするのだ。それだけならば、メルティアを旗印とし、陰から支援するという手もある。

「ですが、私……他に皆様に感謝の気持ちを示す方法がわからなくて」

「そのお気持ちだけで十分ですわ。皆、それをわかっていますとも」

マリエッテの言葉に、女性達が一堂にうなずく。やはり、この場の主役はマリエッテのようだ。

——卑屈《ひくつ》になっている場合ではないわね。私は、私にできることをやるだけ。

今日は、堅苦しい話はこれで終わりだ。

テーブルに並ぶのは、銀のティーセットと華やかに飾りつけられた焼き菓子。菓子を摘まみながら、話題は宮中の噂話《うわさ》へと変化していた。

「では、リンドレーン伯爵令嬢は、男爵家に嫁ぐことになりましたの？」

リンドレーン伯爵令嬢とやらは、今回ここには参加していない。ルディウスが選んだ、親交を結ぶにふさわしい令嬢には含まれていないからだ。

メルティアは、帝国の貴族についてそれほど詳しくないため、どこの誰のことなのかぴんとこない。だから、彼女達の噂話にひたすら耳を傾《かたむ》けるだけだった。

リンドレーン伯爵令嬢は、親の反対を押し切り、駆け落ちを計画していたそうだ。

その駆け落ち計画は、すんでのところで阻止《そし》されたのだが、彼女の決心の固さに負けた伯爵夫妻は、想う相手との結婚を認めたらしい。

「家のための結婚をしないなんて、信じられませんわ……！」

「あら、でも恋に殉じるというのも素敵《すてき》ですわ。メルティア様は、どう思われます？」

「え、私？　私ですか……？」

いきなり話を振られて、メルティアは真っ赤になってしまった。

そっと人差し指で唇に触れる。

あの時の一瞬の触れ合い――もし、あれを恋の始まりと呼んでいいのなら。だが、すぐに首を横に振り、その考えを打ち消した。

「い、今のところ、そういうことを考えている余裕はないんです。私、他にやらなければならないことがたくさんあるので……」

「陛下が発見しなかったら、恐ろしいことになっていましたものね」

マリエッテが、両手で自分を抱きしめるようにして身を震わせた。

「恐ろしい男達が、メルティア様を捕らえていたのでしょう？　その……非道な真似《まね》をされたり、とかは」

マリエッテの問いが、何を意味しているのか理解できない。メルティアは、首を傾《かし》げた。

「そうですね……足に鎖《くさり》をつけられたのが一番つらかったでしょうか。子供達は怯《おび》えていたし……でも、食事は一日きちんと三食与えられましたし、最低限の清潔を保つこともできました」

彼らに捕らえられた人達の中でも、自分が恵まれていた方だというのはわかっている。見張り達の噂話や解放されてから聞いた話から判断すると、労働力として捕らえられていた人達は、死なない程度の食事しか与えられず、入浴も許されなかったようだ。

「たぶん、ですけれど。少しでもよく見せようとしていたのではないかと。購買意欲をかき立てるためには、商品が魅力的でないといけませんから」

乳母《うば》達と共に、店を切り盛りしている間、乳母の夫が仕入れてきた商品をどう見せたら売り上げが上がるのだろうと、真面目《まじめ》に考えた。

商人として町に溶け込むのは、生き残るために必須だったからだ。それに、商売で得た金銭は、国の再建に向けて立ち上がるための資金にもなる予定だった。

「メルティア様は、そんなこともご存じなんですね！」

マリエッテの口調は、感心しているようにも聞こえたけれど、そこにわずかに混ざってい た優越感にも気づいてしまう。

「ええ。国を離れてから、商人の家族として生きてきましたから。もし、あのままネディス王国に攻め入られることがなく、平和な時代が続いていたら……私自身も、そんなことを知る機会はなかったでしょうね」

にっこりと笑って、気にしていないように振る舞う。

彼女達の前で弱みは見せたくなかった。こんなところで、意地を張ってもしかたないということは、ちゃんとわかっているのに。

ちらりと組み合わせた手に視線を落とす。以前は労働で荒れていた手も、今は侍女達の熱心な手入れにより、滑らかになっていた。

「……メルティア様に陛下が求婚なさったという噂は、本当ですか？」

「そのような噂に……？　それは──」

この場合、どう答えるのが正解なのだろう。問いを発した令嬢は、悪気などまったくないのはわかる。目をキラキラとさせ、頰は真っ赤になっていた。

「悪に捕らわれた滅んだ国の王女、それを救い出した、若く凛々《りり》しい皇帝。まるで、物語だとは思いません？」

「ロマンティックですわね……本当に物語のよう」

もう一人、別の令嬢もまた、うっとりとし始めた。

たしかに、言葉だけ聞けば物語のようにも聞こえるが――あれはそんなロマンティックなものではなかった。

恐怖にすすり泣く子供達。自分の身が汚《けが》されるのではないかと怯える娘。他の皆の前では気丈でいなければならないと、虚勢を張り続けたメルティア。

そこに、彼女達が想像しているであろう物語なんて、欠片《かけら》も存在しなかった。

――たしかに、助けてくださった時は、地獄で天使を見たような気分になったけれど。

メルティアを救い出した時のルディウスは、彼女達が想像しているより何倍も凛々しかった。背後にメルティアをかばいながら、目につく敵を次から次へと倒していった。

しかも、あとから尋問するのだからと、殺すのではなく戦闘力を奪わせるという方法で。

それをやり遂げるためには、よほどの実力がなければ無理だろう。

あの時のルディウスの姿は、たしかに絵姿にしても映えるかもしれない――そんなことを口にするつもりはないし、あの時の彼の凛々しさを彼女達に伝える気もないが。

「……でも、メルティア様に求婚なさったというのなら、エトニア王国の土地が欲しいというのも理由でしょう？」

本人の前で、よくもまあこう露骨《ろこつ》に話をすることができるものだ。ひょっとして、メルティアは石ころで何も感じないとでも思われているのだろうか。

「土地というより……金鉱でしょう。ネディス王国もそれが狙いでしたもの」

たしかにネディス王国は、エトニア王国に攻め入る機会をうかがっていただろう。エトニア王国は、もともとネディス王国に属していた人間達が建てた国だ。

だが、目障りな存在だとネディス王家が思っていたとして。エトニアの地はさほど裕福な土地というわけでもなかった。

わざわざ領土に加えるだけの価値もなかった。あの時、金鉱が発見されなければ、裕福ではないなりに幸せに暮らしていただろう。

「陛下も、その金鉱をお求めなのでしょう。国が発展するためには、どれだけあっても困るというわけではありませんもの」

マリエッテのその言葉に、胃のあたりがずしんと重くなる。

たしかに、メルティアの――エトニア王国の持つものの中で、一番価値があるのは金鉱だ。

メルティアが王位を主張し、国を取り戻して女王となれば、金鉱もメルティアについてくる。

「そうかもしれませんわね。でも、それはあくまでも噂でしょう？　ルディウス様とは、そんなお約束はしていませんわ」

まだ、だめだ。まだ、彼にきちんとした返事をしていない。

メルティアの返事に、彼女達は一様に不満そうな顔を見せたけれど、そこから先、深く追及するのは避《さ》けたようだった。

やはり、貴族の令嬢というものは、人前ではある程度食を慎むものらしい。テーブルには前回と同じように、多数の焼き菓子が残されていた。

――日持ちもするし、今回は、子供達の明日のおやつにしてもらいましょう。

前回、ルディウスは夕食を少なくしてもいいから、すぐに子供達を喜ばせる方を優先した。だが、あの頃とは違い、子供達も元気を取り戻しつつある。甘やかしてやりたいけれど、ほどほどにしなければ。

あの時、ルディウスは言ってくれた。メルティアの努力があったから、子供達の立ち直りも早かったのだと。それが本当なら嬉《うれ》しい。

残っている焼き菓子を包んで、子供達のところに届けてもらうよう手配する。それを終えると、急に室内がしんと静まり返ったように感じられた。

つい先ほどまで、華やかなドレスを身にまとった女性達が集まっていた部屋。嫌でも、彼女達との会話が思い起こされる。

――金鉱が欲しいのだとすれば、求婚も納得だわ。

ルディウスは、君主だ。彼の頭の中で最優先となるべきは、この国をどうやって盛り立てていくかということ。

メルティア自身にさほどの魅力がなかったとしても、その背後にある金鉱は魅力的なはずだ。エトニアの王位自体は、彼にとってはさほど問題ではないだろう。

――よかった。私にも、役に立てることがあったじゃない。

それにルディウスは、縁談を持ちかけられるのが面倒だと言っていた。メルティアを妻に迎えると宣言すれば、家臣達をおとなしくさせることもできる。

もし、メルティアに戦場に立つだけの能力があったなら――自ら兵を率いて、軍の先頭に立っただろう。

だが、現実にメルティアができるのは旗印となることくらい。それだって、女性のメルティアでは不安だからと、再興に不安を覚える者も多いと聞く。

――役に立てるのなら、それで十分ではないの？

心の奥から問いかけてくる声には耳を塞《ふさ》ぐ。

醜《みにく》い、感情。

彼の求婚を受け入れたなら、メルティアがここにいてもいい正当な理由ができるということになる。彼の隣にいる権利を得ることにも。

認めたくないのに。いつの間にか、恋に落ちてしまった。

ルディウスのことを思うと、こんなにも胸が締め付けられるような思いをすることになったのは、いつからなのだろう。

「……受けないという選択肢はないわね」

あの時、ルディウスが時間をくれたのは、メルティアを思いやってのこと。彼のその気持ちを、ありがたく受け入れないのならどうかしている。

心を決めたのなら、急いだ方がいい。

ルディウスとは、毎日顔を合わせているわけではないから、心が決まるまでの間なんて言っていたら、あっという間にその決意は砕け散ってしまいそうだ。

「陛下にお目にかかりたいのですが、お時間をいただけるか確認してもらえますか？」

時間を取ってもらうため、ルディウスの元へ侍女を使いに出す。彼女は、夕食後ならばという返事を持って戻って来た。

──今日は会合だとおっしゃっていたものね。

ルディウスは、忙しい。

時折、メルティアのところに来て食事をすることもあるが、要人を招いての食事会を開くことも多い。

今日も、そういった会合にあてられていたそうで、それが終わるまでは時間が取れないという話だった。

簡単に夕食を終え、侍女に頼んで身なりを改める。

選んだのは、立て襟の青い小花模様のドレス。背中にくるみボタンがついているのが可愛らしい。

肩のあたりをふわりと膨らませた袖は、二の腕から先はぴたりと腕に沿っている。白い袖口には、襟と同じレースと、胸に並ぶくるみボタンと同じものがつけられていた。

幅広のリボンを腰に巻き、そこから先はふわりと広がるスカート。スカートにもレースがあしらわれていて、かつてのメルティアなら、身に着けることなど想像もできなかった品だ。

髪を結い直すために鏡の前に座ると、緊張した面持ちの自分が見返してきた。

──絶世の美女というわけにはいかないわね。

そう考えてしまうのも、どうかしている。

卵型の顔に滑らかな頬。青く大きな瞳に、さらりと流れ落ちる銀糸の髪。髪の色だけはいくぶん珍しいけれど、顔立ちには特に秀でたものはない。

先ほどまで正面に座っていた、マリエッテの圧倒的な美しさを思い返してしまう。パチパチと瞬きを繰り返し、それを追い払おうとした。

メルティアだって、そこまで悪いというほどではない。

――どんな形であれ、お申し出を受け入れると決めたんだもの。

スカートの裾を揺らして立ち上がり、決意が崩れてしまわないうちにと、急ぎ足に廊下を進む。指定されたのは、ルディウスの私室だった。

――ここに入るのは初めてね。

親しい友人を招くのに使う部屋なのだろう。室内の調度品は、上質ながらも簡素なもので統一されていた。

どっしりとしたテーブルに向かい、書類を広げていたルディウスは、立ち上がってこちらに近づいて来た。

「お忙しいですか？」

「いや、今日の会合で出た話をまとめていただけだ。急ぎではない」

――やっぱり、とても背が高いんだわ。

向かい合った時、彼の身長の高さにドキリとする。申し入れを受け入れるつもりで来たけれど、本当にこれでよかったのだろうか。

「メルティア？」

いつまでも話を切り出そうとしないメルティアにじれたのだろうか、ルディウスが名を呼ぶ。いつもと違い、ずいぶんと甘いように感じられて、心臓が騒がしい音を立て始めた。

「いえ……なんでも、ないんです。難しいですね、どうお話をしたものか」

ここに来るだけでも、かなりの勇気を必要としたのに、いざルディウスを目の前にすると何も言えなくなってしまう。

うろうろと視線を泳がせ、口を開いては閉じ、もじもじと合わせた指の先をこね回しているメルティアの様子に、ルディウスは困ったように笑った。

そんな笑いを見せると、いくぶん幼く見える。それにもまた胸が高鳴ってしまって、本当にどうしようもなく彼に惹かれているのだと自分でも思う。

「……その、この間のお話、なのですが」

「この間の話？」

ルディウスが、片方の眉を器用に上げて問いかけてくる。そんな問いをするということは、先日の話は、彼の中で本気ではなかったということなのだろうか。

――もしかして、冗談を真に受けてしまった？

もし、そうならどうしたらいいのかわからない。穴があったら入りたいという気分に陥《おちい》る前に、自分から入るべき穴を掘った方がいいかもしれない。

「どうした、言いたいことがあるなら早く言え」

メルティアが勇気を失ったのが、ルディウスにはわかってしまったのかもしれない。彼は、メルティアの背中に手を滑らせた。

――あの時も、こうしてくださった。あの時も、この手に救われたような気がして。

怯えるメルティアの背中を上下した大きな手。その手の温かさに、恐怖が薄れていくような気がした。再び勇気を振り絞る。

「この間、高原で――求婚してくださったでしょう。あのお話を……お受けしますと、お返事をしたらどうなさいますか？」

どう切り出したらいいものかわからなくて、考えながら問いかける。その間もルディウスの手はメルティアの背中を往復していて、離れようとはしなかった。

「……そうか」

今、ルディウスはどんな顔をしているのだろう。

見上げる勇気は持てなくて、視線を下に落とし、彼のお腹のあたりをじっと見つめる。

今日の上着は金糸だけではなく、銀糸も使われているのだなと、まったく関係ないことを考えていた。

「――そうか。よかった」

ルディウスの返事は、簡潔なものだった。本当によかったと思っているのだろうか。たしかに求婚に対する返事はしたが、ルディウスは本当にいいのだろうか。

「あの、ルディウス様……？」

よかったのなら、これからメルティアはどう振る舞うべきなのだろう。

ルディウスも、それ以上言葉を発しようとしなかったから、どうしたらいいのかわからない。

少し、離れた方がいいのだろうか。だが、先ほどまでゆっくりとメルティアの背中を上下していた手は、今は腰のあたりで止まっている。

離れようと思ったら、彼の腕を解かなければならなかった。

「私、これからどうしたら……んっ」

あの時、口づけたのは夢だったのではないかと思い始めていた。だが、もう一度口づけられて、あの時と同じ感覚を覚える。

ルディウスの手は、片方がメルティアの腰に回り、もう片方は顎にかけられている。唇が触れて離れていき、物足りなさを覚えた次の瞬間、角度を変えて口づけられた。

ただ、唇を触れ合わせているだけ。それなのに、心臓の鼓動はどんどん高まっていく。だらりと下に下ろしたままだった手が、こわごわとルディウスの背中に回される。

「……は、ぁ……ルディウス、様……」

唇が重ねられていたのは、どのくらいの時間だったのか計ることはできない。だが、世界中の時が止まってしまったようにも感じられた。

背中に腕を回され、強く抱きしめられて、なんとも言えない安堵を覚えた。

もしかしたら、メルティアがいるべき場所なのは、ここなのかもしれない。そう思ってしまうほどだ。

「俺は、メルティアに嫌われたくないんだ」

「嫌うなんて、そんなことありませんよ？　ルディウス様になら、何をされても大丈夫です」

誘拐犯から救い出し、メルティアを助けてくれた。妻に迎えると言ってくれて、国を取り戻すのに手を貸してくれると言った。

ルディウスに感謝する気持ちこそあれ、嫌うなんてありえない。重ねてそう言うと、ルディウスの目元が柔らかくなった。

——あの時と同じだわ。

ルディウスの胸に顔を埋める。鼻をかすめるのは、爽《さわ》やかな柑橘系の香り。その香りがメルティアのまとう花の香りと混ざって、頭をふわふわとさせる。

ルディウスの身体に抱き着いたまま、そっと顔を上向ける。再び近い位置から視線がぶつかったけれど、顔をそらそうとは思わなかった。

自然と瞼《まぶた》を閉じ唇が薄く開く。まるで、口づけを誘っているようだと羞恥《しゅうち》の念が頭をかすめた瞬間、唇が再び重ねられた。

「ん、んんんっ」

先ほどまでより、背中に回った腕に力が入っている気がする。開いたままの唇の間から、ぬるりと熱い舌が入り込んできた。

その熱に驚いて肩を跳ね上げたのは一瞬のこと。すぐに何も考えられなくなる。

ルディウスの舌は、メルティアの舌を初めは優しく搦《から》めとった。お互いの唾液を混ぜているかのように、舌が左右に揺さぶられる。

右に左にと揺らされる度に、耳の奥に響くくちゅくちゅという音。ぞくっと身体の奥に甘い痺《しび》れが走り、かくんと脚から力が抜ける。

「ん……、は、あぁ……んぅ……ん、んっ」

こぼれそうになる喘《あえ》ぎ声を必死に嚙《か》み殺そうとしても、まったく違う反応を返してしまう。ルディウスの腕に完全にもたれかかって、せめて床の上に崩れ落ちてしまわないように、必死にしがみつくことしかできなかった。

キスだけで、こんなになってしまうなんて——息継ぎの間を与えられた瞬間、瞬時にそう思ったけれど、再び舌を搦められれば、メルティアの思考には簡単に霞《かすみ》がかかる。これから先、何が待っているのかを考えることもできなかった。

舌があやすように搦められ、強く舌を吸い上げられて肌の下を甘い痺れが這う。呼吸も上手にできないまま、ただ、キスの感覚に溺《おぼ》れる。

「まいったな。こんなに、可愛いとは思ってもいなかった……いや、いつも可愛いとは思っていたが」

「……可愛い？」

今、彼はなんて言ったのだろう。問い返しながら顔を上げた自分の顔が、甘く蕩《とろ》けているのも気づかない。

「そうだ。可愛いって言ったんだ」

「……言われたことありません、そんなこと」

たぶん、父母が生きていた頃には、そんな言葉を幾度もかけてもらったこともあっただろう。母を亡くした後も、父は残された二人の子供を慈《いつく》しんでくれた。

だが、国を離れてからは、メルティアの側にいたのは家臣達ばかり。親子の愛情に限りなく似た愛情を注がれてはいても、「可愛い」なんて言葉を家臣の側《がわ》からかけられるはずもなかった。

それに、今のルディウスが口にした「可愛い」は、子供にかけるものとは意味が違っている。それくらいはわかる。

「でも……あなたに、そう言ってもらえるのなら嬉しい」

吐息交じりに告げたのは本音。ルディウスの口からその言葉が出てくると、幸せに包まれたような気分になる。

だが、その先を続けることはできなかった。ルディウスの唇が、再びメルティアのそれを覆《おお》ってしまったから。

今度は容赦《ようしゃ》なく最初から舌が差し入れられ、メルティアの方も懸命に応じる。何度も何度も舌を搦め、お互いを味わっているうちに、本格的に立てなくなってきた。

がくりとルディウスの腕に身を預けてしまうと、膝裏がさっとすくい上げられる。そのまま運ばれた先は、ルディウスの寝室だった。

身体が下ろされ、かすかにベッドのきしむ音。座らされたけれど、自分の身体を支えることもできなくて、そのまま倒れ込んでしまった。

「ルディウス様……？　私、これからどうしたら……その、寝所でのことはよくわからな、くて」

途切れ途切れに口にする。

皇宮に来てから、ある程度の教育は受けたけれど、寝所で行う出来事については、漠然とした知識しか与えられていなかった。

メルティアにつけられたのが、ご高齢の貴族の夫人だったからかもしれない。寝所でいかに振る舞うべきか、彼女は口にしなかった。

「寝所では夫となる方に逆らわず、全てお任せしておくこと」という、非常に漠然とした言葉しかもらえなかった。二人とも服を脱ぎ、肌を合わせるとも教えてもらったけれど、今ここで、自ら服を脱ぎ散らかすのは違う気がする。

「教育係はつけたはずだが」

「服を脱いで肌を合わせる、とだけ……ああ、自分で脱がないといけないのですね？」

覚悟はできているとは言いがたいが、寝所での作法には従うべきだろう。ボタンを外そうとするけれど、背中のボタンを一人で外すのは難しい
「……やだ、どうしましょう。侍女に着せてもらったので」

「そのままでいい。俺の楽しみを奪うな」

「楽しみ、ですか？」

「そうだ。自分で脱いでもらうのもいいが――まだ、それは早いだろう」

まだ、早い。とろんとした頭で考える。けれど、快感に蕩けている頭では、思考をまとめることなどできるはずもない。ルディウスに任せておけばいいのだ、と結論付ける。

「やぁっ……ん、はぁ……ん、ぁっ」

ボタンを外すことなくルディウスに取られた手。その手に彼は口づけた。手の甲、手のひら。いたるところに口づけながら、彼はメルティアを見下ろす。

いつの間にかメルティアをまたぐような体勢になっていたルディウスの表情は、いつも見るものと違っていた。

その表情には見覚えがある――情欲、だ。

捕らえられていた頃、男達はメルティアやレティスにあんな目を向けていた。

彼らに見られていた時は、肌に虫が這うような不快感しか覚えなかったが、今はまったく違う。

――私、どうしてしまったのかしら。

不快ではない。むしろ、メルティアの方も、否応なしに身体の芯にこもる熱を意識させられる。

ルディウスの唇が手に触れる度に、身体の奥の方からじんわりと、ぞくぞくするものが込み上げてくる。それが、快楽の予兆であることを、ぼんやりと感じ取っていた。

「はぁんっ」

高い声を上げてしまったのは、人差し指が彼の口内に含まれたからだった。先ほどまで熱烈にメルティアの舌を搦めとっていたルディウスの舌が、今度は指に絡みつく。

「ん……それ、ん、だめ……だめ、です……」

ゆるゆると首を振りながら抗議するものの、指を引き抜く気にはなれなかった。温かくて濡《ぬ》れた感触に包まれるのは初めてのこと。艶《なま》めかしく指先をなぞる舌の動きに、思考はますますぼやけていく。

「嫌ではないだろう？　——少なくとも、言っていることと表情がまるで違うな」

「そ、そういうわけではなくて」

何を弁解したいのか、自分でもよくわからない。羞恥に染まった頬を隠すように顔を横にうつむけたら、今まで口内に含まれていた指が解放された。

唾液にまみれた指が空気に触れ、ひんやりとした感覚に、また身体がぞくりとする。

「……わかりません」

嫌、ではないのだ。少しずつ身体の熱が上がっていって、初めての感覚に戸惑っているだけのこと。

「少しずつ、覚えていけばいい」

ルディウスの唇が、今度は額に落ちた。慈《いつく》しむような、優しいキス。

――どうして。

それは、言葉にはならなかった。

二人の結びつきは、政略上のもの。全てを失ったメルティアが生きていくためには、こうしてルディウスに助けを求めるしかない。

それなのに、こうやって触れられれば幸せを覚えてしまうなんて、どうかしている。メルティアの身体をしっかりと抱え込んだまま、ルディウスの唇は首筋に移動する。

ちゅっと音を立てて吸い上げられ、吐息を漏《も》らすと、今度は舌で濡らされた。首筋に沿って舌で撫で下ろされ、身体を左右にくねらせる。

こんなところまで、口づけられたら感じるものだなんて知らなかった。甘ったるい吐息がこぼれ、どうしようもなく身体を捩《よじ》ってしまう。

「こら、逃げるな」

身を捩ったただけではなく、うつぶせになろうとしたら、肩を摑《つか》まれ引き戻される。

真正面から視線を合わせるのが恥ずかしくて目を閉じたら、首筋を撫でた手が、そのまま胸へと移動してきた。

「やっ、そ、そこは……」

思わず肩をすくめたけれど、そんなものはなんの抵抗にもならない。ルディウスの右手が乳房を包み込み、無意識のうちに、快感をこらえようとして身体に力が入ってしまった。

「……嫌なら、やめるか？」

乳房の上に手を乗せたまま、ルディウスが問う。そんな問いかけをしてくるなんて、なんて意地が悪いのだろう。

「や、やめないで……」

そう返したつもりだったけれど、あまりにも声が小さかったらしい。もう一度、問いかけられる。

「い、嫌じゃない……から、やめないで……」

どうして、こんなことを言わせようとするのか。恥ずかしくて唇が震える。

メルティアの羞恥にはまったく頓着していないのか、ルディウスは触れるだけだった手に力をこめた。

こめられた力はほんの少しだけ。なのに、背筋を走り抜けた感覚にメルティアは息をつめる。頭の芯まで、衝撃に支配されたようだった。

「はぁ……ん……ん、あぁ……あ、あぁっ」

柔らかな乳房は、ルディウスの手の中で自在に形を変える。強く揉み込まれたかと思ったら、優しく全体を揺らされる。かと思えば、手のひらで押しつぶすように刺激されて、次から次へと与えられる快感に、簡単に翻弄《ほんろう》されてしまう。

身体の奥で目覚めた熱が増していき、呼吸が乱れていく。手のひらで擦り上げられる胸の頂《いただき》が、ピンと立ち上がり、さらなる快感を求め始めていた。

「あぁぁ……あ、あぁっ」

指の先が頂をかすめ、反射的に背中をしならせる。敏感な場所なのは知っていたけれど、ここまでとは思ってもいなかった。

頭の中をかき回されるような衝撃に、声をこらえることもできなくなる。

「ルディウス様……変、私、熱い……！」

「変じゃない。俺に触れられて、気持ちよくなっているだけだ」

気持ちいい？　これが、快感だというのだろうか。むずかる子供のように首を横に振り、与えられる刺激から逃れようと横倒しになる。

だが、またもや引き戻されてしまった。

「だめ、もうだめ、なの……」

「この程度で音《ね》を上げていたら、これから先、耐えられないぞ」

耳朶に触れるルディウスの唇。舌の先でくすぐられ、またもや声を上げてしまった。

嫌、とは口にできなかった。それを口にしたら、彼はすぐこの行為を止めてしまうだろうから。

怖い、でもやめたくない。矛盾する感情を持て余してしまう。

「……細かいな、このボタンは」

手間取りながらも、背中に回った手が、ボタンを外していく。肩から下着ごと引き下ろされ、むき出しになった乳房が、室内の空気に触れる。

「や……あ、あぁ！　そんなところに、唇……！」

動揺した声が上がる。

恥ずかしいぐらいに硬くなった先端に、ルディウスの唇が触れた。そのままぱくりと咥《くわ》えられて、我知らず肩が跳ね上がる。

「や——ん、んんんっ」

強く吸い上げながら、器用に舌先で転がされると、そこから下肢の奥までどろりとした熱が落ちてくるようだ。

声を上げてしまうのははしたないと、人差し指の背を口にあてがう。舌で弾《はじ》くように舐《な》められて、簡単に唇は解けてしまった。

「ぁあんっ！」

「声を我慢《がまん》するな。俺に聞かせろ——全部」

声のする方に目をやれば、赤く熟した頂が、いやらしく濡れ光っている。先ほど指を舐められた時と同じように、空気に触れてひやりとする。

その感覚にまた感じてしまって、はぁと息をついた。

「全部、ですか？」

「そう……全部だ。メルティアの全てを知りたい」

ドレスから腕が引き抜かれた。そうされると、上半身は完全にあらわになる。ルディウスの目にじっと見つめられ、両手でシーツを握りしめた。

「綺麗《きれい》だ。前にもそう伝えたことはあったか？」

「あの、あまり見ないでいただけると……」

シーツを胸元に引き寄せようとすれば、素早くその手を戻される。身体を隠すこともままならなくて、羞恥に頬を染めたまま、顔を髪で隠すことしかできない。

「見るなと言っても、無理だろう。こんなに美しい身体なのに」

肩からルディウスの指が肌をそっと撫でていく。

乳房の下の線を撫でられて、唇から吐息が漏れた。そこから脇腹へと滑っていった男の指が、丹念にくびれに沿って撫でていく。

「……細いな。ちゃんと食べているのか？」

「た、食べています……けれど」

そうしようと思っているわけではないのに、しきりに瞬きを繰り返してしまう。ルディウスの指が肌を撫でていく感触は、ふわふわとした快感を与えてきた。

「それなら、いい。食べないと倒れてしまうからな」

「ん――あぁっ！」

くびれのあたりを往復していたはずの指が、いきなりスカートを捲り上げる。そのまま、脚の間に触れてきた。

間にドロワーズを挟んでいるとはいえ、そんなところに触れられるとは思っていなかったから、悲鳴交じりの声と共に背中をしならせてしまった。

「だめっ！　そこは、だめですっ……！」

背中をしならせた時、気づいてしまった。

身体の内側から溢れてくる、熱い愛蜜の存在に。女性が受け入れる時の痛みを緩和するために濡れるものだとは聞いていたけれど、まさかここまでとは想像もしていなかった。

「だめって、私言って……あぁっ！」

ルディウスの指が、薄布の上から濡れた花弁の間に割り込んできた。

それなのに、ぬちぬちと濡れた音がする。懸命に腿に力をこめて、ルディウスの手を止めようとするけれど、それさえも指を震わされれば無駄《むだ》な抵抗となる。

「だめだって……ここに触れなければ、何もできないだろうに」

しきりに首を振るメルティアには、ルディウスが不満げに口角を下げたのは見えていない。

再び指を蠢《うごめ》かされて、じわりとこらえきれない蜜が溢れ出す。

「だ、だって。だって……こんなの……聞いてない、から……」

ルディウスのつけてくれた教師は、こんな変化が起こるなんてまったく教えてくれなかった。

瞳には涙の幕がかかっていて、まるで発火しているかのように肌が熱い。その熱は頭まで回ってきて、官能の波に支配されてしまう。

「いいんだ、それで正常な反応だから――ここが濡れないと困るだろ？」

「ひぁっ！」

また水音を立てられ、甘い感覚が下肢に走る。寝所でこんな風になってしまうのなら、明日の朝にはメルティアはぐずぐずに溶けてしまって、原形をとどめていられなくなってしまうのではないだろうか。

「いや、ルディウス様……怖い……」

本音がぽろりと口からこぼれ出た。自分が自分でなくなってしまうようで怖い。途切れ途切れにそう訴える。

「怖い……か。それは困ったな。もっと気持ちよくなって、余計なことを考える余裕がなくなればいいか？」

「いやぁ……！」

優しく尋ねるくせに、ルディウスの指はまったく優しくなかった。

びしょびしょになるほど、蜜を滴《したた》らせている花弁の間を往復していた指が、ひっそりと息づいていた淫芽を捉える。

とたん、頭の先から足の先まですさまじい衝撃に見舞われて、メルティアはぴんとつま先を伸ばした。

「やっ、あっ、あっ、あっ！」

あまりにも淫《みだ》らな悦楽の塊。そんな器官が備わっていることもまた、初めて教えられた。

どこかに流されてしまわないよう、力の入らない腕で懸命にルディウスにすがりつく。

「ルディウス様……あ、やっ……あぁっ……ん、んんんっ」

声を響かせたくなくて、唇を引き結ぼうとしても、繊細な芽を撫でられると、快感が背筋を走り抜けて唇が解けてしまう。

すっかり恍惚《こうこつ》となっているところを狙われて、ルディウスの指を阻《はば》むことはできなかった。緩んだ膝の間にルディウスの膝が割り込み、淫芽を揺さぶる動きが激しさを増す。

「あぁぁっ、だめっ、あ、あぁっ」

「逃げるな……逃げる場所なんてないがな」

頭の方へずり上がって逃げようとするけれど、すぐに腰を押さえつけられる。固く閉じた瞼《まぶた》の裏で、ちかっ、ちかっと、白い光が点滅する。

「ひ、ぁ、だって、だって……」

こんな感覚、知らない。言葉の合間には、口を開いて、なんとか体内に空気を取り込もうとするだけ。

「認めてしまえ。気持ちよくなっているだけだ」

親指で繊細な振動を送り込みながら、他の指で花弁の間をかき回すようにされると、勝手に腰が動いてしまう。

敏感な芽を淫らに振動させられ、思考はどんどん崩れていく一方だった。

そうか、これが気持ちいいということなのか。今まで、明確な言葉にできなかった感覚を、快感だと教えられれば、溶けた思考は簡単にそれを受け入れる。

「あ……あぁぁっ……気持ち……い、い……」

告げるのと同時に、両のつま先がきゅっと丸まる。今までとは違う場所に連れていかれそうな、そんな予感。

「あっ、あああああっ！」

嬌声を高々と響かせながら、大きく背中をしならせた。しばらくの間、弓なりだった背中が、力を失ってシーツに落ちる。

はぁはぁと乱れる呼吸を整えようとしていたら、ルディウスの唇が額に落ちた。

「イッたな。初めてで上出来だ」

行くって、どこに行くのだろう。ぼうっとしている頭で考える。目の前にあるルディウスの胸に、額を擦りつけた。

「まったく。これで煽《あお》っているつもりはないというのだから恐ろしいな」

なんてつぶやきながら、まだ腰のあたりにまとわりついていたドレスが、脚の先から引き抜かれる。

下着もあっという間に取り払われて、身体を隠すのは豊かに波打つ銀髪だけ。

先ほどまで恥ずかしいと思っていたはずなのに、今はそれが当然のように思えるのはどうしてだろう。

「……ルディウス様？」

ぼんやりと、教師の言葉を思い出す。そうか、まだ、夫婦の営みは終わっていなかったか。

初めての快感の余韻《よいん》にぼうっとしながら見ていると、ルディウスは身体を移動させてきた。

「何をするの？」

問いかけるメルティアの声は、まるで子供のもののように響いた。脚の間に身体を落ち着けたルディウスは、にっと口角を上げる。

彼の笑みは今までに何度も見ているはずなのに、今のそれはメルティアの知るものとはまったく違っていた。

不意に背筋を走り抜ける甘美な恐怖。開かれた膝を閉じようとしたけれど、遅かった。

「あっ……指……入れ、ないで……」

「指よりもっと大きなものが入るんだぞ。無理そうなら――今夜は諦めるしかないが」

「ひぁっ」

ぬるりと入り込んできたルディウスの指。濡れそぼった場所は、抵抗することなくそれを受け入れた。

体内に異物が入ってくる感覚に、メルティアは眉を寄せる――けれど、それは嫌な感覚ではなかった。

「ん――は、あぁ……」

ゆっくりと指が抜かれ、再びゆっくりと押し入ってくる。その指の動きに合わせて呼吸を繰り返すと、異物感はすぐに薄れてきた。

慣れてきたのを見てとったのか、ルディウスは指の動きを速めてくる。もう一本追加され、蜜壁を擦り上げるようにしながら抜き差しされれば、次から次へと新たな蜜が溢れ出す。

「あ、あぁ……だめ……」

漏れた声も、蜜のように甘かった。この感覚がなんなのか、メルティアはもう知っている。先ほどルディウスがメルティアの身体に刻み込んだから。

「だめ……、だめ、じゃない……ぁ、いぃ……！」

再び、つま先がきゅっと丸まる。指で中を抉るようにかき回され、身体は熱を帯びて高まっていく。

熱く濡れたものが、ぷっくりと膨れた芽に触れて声も出せずに身体を震わせた。そんなところに、舌で触れるなんて信じられない。指とは違う、濡れて温かな感触が送り込む新たな刺激は、耐えようとしても耐えられずに腰を浮かせてしまう。

――もっと、触れてほしい。

指だけじゃ足りない。そこに舌が追加されてもまだ足りない。

初めての快感に翻弄され、より深い悦楽を求めて、身体をうねらせる。

「ひっ……ん、あああーっ！」

指を抜き差しされながら、快感の芽を舌で押しつぶされ舐め回されて、すさまじい悦楽の波にあっという間に押し流される。

まるで、身体全体が浮き上がったような感覚に、再び目の奥で閃光が弾けた。

「メルティア、わかるか？　だいぶ指に馴染《なじ》んできたのが」

そんなことを言われても困る。馴染んできたのかどうかなんてわからない。きゅっと眉根を寄せれば、ルディウスは喉の奥で笑う。

「……いつの間に？」

代わりにこぼれたのは、まったく関係のない問いだった。ルディウスの愛撫に溺れている間に、彼の方は自分の身にまとっていたものを脱ぎ捨てていた。

「さあ、いつの間にだろうな？」

ルディウスは余裕なのに、メルティアの方は余裕なんてなくて、それがなんだか悔しい。

「ルディウス様は、余裕だわ」

ぽつりと漏らしたのを、彼の耳は素早く拾ったようだった。

「余裕？　余裕なんてあるはずないだろ――ほら」

「きゃあっ！」

ルディウスの手が、メルティアの手を取り、彼の下半身へと導く。触れさせられたそれは、熱くて硬くて、大きかった。

これが男性自身なのだと、理解しているのに気持ちがついてこない。ルディウスの手に導かれて、手を重ねたまま、それをきゅっと握りしめてみる。

とたん、艶《つや》っぽい吐息がルディウスの口からこぼれて、目を丸くした。彼の顔を凝視しているのに気づいたのか、ルディウスは一つ、うなずいてみせる。

「ほらな。俺も余裕がないんだ」

ゆっくりと手を上下させてみる。刺激に耐えかねたように、ルディウスが眉を寄せる。

その表情は、今まで彼の見せたことがないものだった。

「お前が欲しい……いいか？」

ここまで来て、どうして引き下がれるだろう。こくりと無言のままうなずいたら、今までルディウス自身に触れていた手が、そっとシーツの上に移動される。

指を搦めるようにその手を繋がれる。ルディウスはもう片方の手で、昂《たか》ぶりの先端をあてがった。溢れる蜜をまぶすように先端でこね回され、お腹の奥の方が甘く痺れてくる。

「んん……あっ……ん、熱い……ですね……」

手で触れた時より、ずっと熱く感じられた。早くその熱を受け入れたいと腰が動く。

「んっ、んっ……気持ちいい……」

ぬるぬると挟間を滑る肉棒の感触は、それだけで達してしまいそうなほどの快感だ。特に先端が敏感な芽をかすめていく度に、甘い刺激に声を上げ、自然と身体をくねらせてしまう。

「まったく、そんな顔をするとはな」

そうささやくルディウスの声は、今や完全に余裕を失っていた。情欲を向けられるのは嫌だと思っていたけれど、相手がルディウスならばむしろ嬉しい。

やがて、前後に擦る動きが滑らかになってきた頃——あてがわれる先端が角度を変えた。明確な意図をもって、それはメルティアの身体の中に入り込もうとする。

今まで、指で刺激されていた時とはまったく違う充溢感に、メルティアは身体をこわばらせた。さほど痛みはないが、身体を押し開かれていく感覚に、戸惑いを覚えてしまう。

「十分、解したつもりだが……きつい、な……」

「痛いですか……?」

不安に揺れる声で問いかけてしまう。痛みをこらえているかのように、彼は唇を引き結んでいた。

「いや。痛くはない。メルティアは？」

「大丈夫、です……」

ゆっくりと、蜜洞が押し開かれていく。変な感覚だ。

「う……あっ……」

ルディウスが奥へと進む度に、違和感はどんどん大きくなっていく。

「あっ、あぁっ」

やがて、一瞬の痛みを覚えたかと思ったら、最奥まで到達した。二人の身体は、ぴたりと密着している。

「……ルディウス様」

額に落とされるキスが嬉しい。両手でしっかりと彼にしがみつく。

身体に穿《うが》たれた肉杭は、火傷《やけど》しそうなほどに熱かった。未熟な蜜洞は、あまりにも生々しい感覚にきゅっと強く締め付ける。

「まだ、動いてもいないのに」

「で、でも……あっ、あぁっ」

ゆるっと腰が引かれ、そのままじりっと押し込まれる。入り口から奥までを擦り上げられると、下半身を欲望が支配し始める。

「あっ、や、やぁぁっ……だめ、それ、だめです……！」

特にある一点を刺激されると、腰の奥にずぅんとした感覚を覚える。今まで教えられた快感よりずっと深い悦楽に、頭の中まで支配される。

「何がだめなんだ？」

大きく抉《えぐ》るように腰を回されながら問われて、愉悦の声が漏れた。このままでは、身体がぐずぐずに溶け落ちてしまう。

「そこ、あっ……あっ、あっ、あぁっ！」

感じる場所を突き上げられる度に、甘い声が上がる。二人の身体がぶつかり合う淫らな音に、耳からも快感を送り込まれる。

「ひ――ん、あぁっ！」

腰を強く摑まれ、いっそう激しく揺すぶられて、顎が天井に向いてしまうほど突き上げた。身体の奥まで深く、熱い塊が突き入れられ、視界を真っ白に染め上げる。

「あっ……あぁぁっ」

「っ……メルティアっ」

メルティアの名を呼ぶルディウスの声も、今まで以上に切羽詰まっているようだ。背中に両手を回されたと思ったら、腰が強く押し付けられた。

耳の奥に残るのは、メルティアの名を呼ぶ、ルディウスの艶っぽい声。身体の奥に注がれる熱に、妙に泣きたいような気分に陥《おちい》った。

第四章　新婚生活は蕩けるように甘く

多かれ少なかれ、ルディウスとの関係は変化するであろうことはわかっていた。求婚を受け入れたあの時から。

メルティアを抱きしめる彼の腕は力強くて、温かかった。頼れる人が他にいないから、余計に強くそう思ったのかもしれない。

だが、これは想定外だった。どうしてこうなった。

皇帝が結婚するとなると、準備には最低一年はかかるはずだ。よほど切羽詰まった状況でもなければ。

そして、今はそこまで急ぐ理由もないだろうに、ルディウスは急いで準備するよう命じていた。

「あまりにもお話が進むのが急で」

メルティアは視線を落とす。

こんなにどんどん話を進められてしまったら、引き返せなくなるのではないかと怖い。引き返すつもりもないが。

「そうか？　俺は急いだ方がいいと思う。もう、夫婦も同然だろう」

「……なっ」

耳元でささやかれ、一気に頬に血が上った。

たしかに、二人がすでに夫婦同然であることは、この部屋にいる者は全員知っているだろう。なにしろ、同じ寝室で同じベッドを使って休んでいる。

だが、いきなりそれを言葉にされるとは、思ってもいなかった。

「そ、それはそうかもしれませんが！」

何も、他の人達がいる前で言わなくてもいいではないか。林檎《りんご》のように真っ赤になって、ルディウスの腕を摑《つか》む。恥ずかしがっているのが他の人に気づかれなければいいと思うけれど、間違いなくバレバレだろう。

「……そ、それに……これは、そのあまりにも……豪華ではありませんか？」

メルティアの前に広げられているのは、花嫁衣装のデザイン画だ。

誰に頼めばいいかわからないから、ルディウスに何人か紹介してもらった。

ある程度、伝統を大切にしつつも、新しい風を入れていきたい。そう言ったルディウスの希望に添って人選したつもりだ。

そして、期待通りどのデザインも素晴らしいものであった。それは否定できないのだが、素直に受け取れない理由がある。

「メルティアは、嫌なのか？」

「そういう、わけでは」

今、手に取ったのは数千もの真珠を一面に縫い付けるデザインだ。これだけの真珠を用意するのも大変な気がするのだが。

その隣にあるのは、白を基調にしているのは間違いないのだが、上半身は水晶を縫い付けて輝かせたもの。どう見ても花嫁衣装ではなく、鎧《よろい》並みの頑丈さである。

かと思えば、百人の職人が一年かけて編み上げたというレースをふんだんに使ったもの。レースに埋もれて、メルティアが見えなくなってしまうのではないだろうか。ベールはメルティアを縦に十人並べたよりなお長い。

「その、どれも……豪華すぎるというか……」

どのドレスも、まともに歩けない気がする。これが帝国の伝統だというのなら、逆らえないのだが――正直に言えば落ち着かない。

「……そう、だな。俺も、もう少しすっきりしている方が好みだ」

「では、これはやめておきましょうか」

よかった、とほっとしたのは見せないようにする。どうやら、デザイナー達が張り切りすぎただけらしい。

ルディウスの財力ならば、どれだけ豪華なドレスでも問題なく作ることができるのだろうが、彼ももう少し簡素な方が好みだと知って安堵した。

「俺としては、婚儀は急ぎたいんだ。その方が、メルティアの身分も保証できる」

「そう……そう、ですね……ありがとうございます。そこまで気を配ってくださって」

今のメルティアの立場は、帝国の皇宮に滞在している客人という扱いでしかない。そこに、ルディウスの婚約者という身分が加わろうとしている。

だが、それでもまだ部外者でしかない。皇妃となって初めて、しっかりと身分が保証されるわけだ。

――その方が、ネディス王国に奪われたエトニアに侵攻するのにも都合がいいでしょうし。

メルティアの名があれば、エトニアの金鉱を手にすることができる。

帝国に来てから、ルディウスの統治下でどんな変化が起こったのかを見る機会があったが、彼は素晴《すば》らしい君主だと思う。

ルディウスの父の代から栄えていた国ではあるけれど、彼の父とは違って、民から搾取《さくしゅ》している様子はないし、弱者にもできる限りの手が差し伸べられている。

戦場での活躍から、恐れられてはいるが、統治者としての手腕は見事だ。ネディス王国の支配下においておくより、ルディウスの――帝国の統治に任せた方がエトニアの民は幸せになれるだろう。

――私は、逃げることしかできなかったから……ルディウス様の手を借りることができて、本当によかった。

八年前、国が侵攻された時、メルティア達は逃げ出すことしかできなかった。

それ以来、なんとか国を取り戻そうと動き回ったけれど、メルティア達の力だけで国を取り戻すには、まだまだ時間が必要だというのもわかっていた。

本当に民のことを考えるならば、信頼できる相手に託すべきなのだ。

「そんな顔をするな。俺と結婚するのが嫌になったのではないかと誤解してしまうぞ」

「そんなつもりは……ない、のですが」

今、どんな顔をしているのだろう。上手に笑みを浮かべることができているだろうか。

ルディウスと一緒に過ごす時間は甘くて、どんどん自分が欲張りになっていくのがわかるから、溺《おぼ》れないようにしなければと自分を戒《いまし》めるのを忘れない。

――好きになっても、迷惑をかけるだけなのに。

メルティアが見ている限り、ルディウスに他の女性の影はない。

だが、メルティアとの婚姻が愛情によるものではなく、政略上の都合によるものである以上、いつか彼の心を占める女性が出てくるはずだ。

そうなった時、必要以上に傷つかないように。自分の心を閉じ込めているつもりだけれど、思った通りにはいかない。

「どうしてでしょうね？　あまりにも生活が変わってしまったから、少し怖いのかもしれません」

笑ってごまかす。本心を彼に悟られることがなければそれでいい。

テーブルの上に広げられているのは、布地の見本。その他、レースやリボンなど、花嫁衣装を彩るのにふさわしい品々も、所狭しと積み上げられていた。

商家の娘として生きていた頃は、こういった布地や小物は商うものであって、身に着けるものではなかった。

「メルティアは、心配性なんだな。俺がメルティアに似合うものを選んでもよければ、そうするが」

「ルディウス様の意見を聞かせてくださったら……嬉《うれ》しいです」

どうせなら、ルディウスの目に一番美しく見えるようになりたい。彼が花嫁として迎えるのはメルティアだけ。

釣り合わないとわかっていても、少しでも彼に近づきたいと願ってしまうのは、無謀ではないだろう。

「そうだな——このドレスがいいか。それとも、こちらのドレスがいいか」

真顔になって、ルディウスは目の前のデザイン画とメルティアを真剣に見比べ始める。

「すまない。このドレスに合わせるなら、レースはどれがいいと思う？」

傍《かたわ》らにぴしりと直立している仕立屋に向かって声をかける。

彼女は、山と積まれている見本の中、どこに何があるのか完璧に把握しているのだろうか。

迷うことなく一枚のレースを取り出すと、ふわりとメルティアの肩にかけた。

「そうですね……こちらのレースはいかがでしょう？　雲のように軽いんですよ」

続いて、ベールが頭にかぶせられる。その縁に手をかけ、彼女はレースをそこに重ねてみせた。

「このレースを、ぐるりとこのベールの縁に縫い付けます。メルティア様の清楚《せいそ》な美しさを、最大限に引き立てること間違いなし、ですわ！」

ぐっと拳《こぶし》を握りしめて力説された。そこまで力説しなくてもと思うが、彼女の剣幕に負けてしまって口を挟むことができない。

「でも、わたくしのお勧めは、こちらの布地ですの。今、陛下の選んだデザインにもよく映えると思いますわ」

ついには、ルディウスに頼まれてもいないのに、ドレス本体の布地まで引っ張り出してきた。ふむ、とルディウスがうなずく。

「メルティア様、立ってくださいます？」

立ち上がれば、一度レースが外され、ドレス用の布地がかけられる。そうして、その上から再びレースが重ねられた。

「……これは」

思わず、といった様子でルディウスがぽろりとこぼす。

「美しいな」

その言葉には、余計な感情はまったく含まれていなかった。素直な、賞賛の言葉。

（美しいって……美しいって、言ってくださった……！）

自分が絶世の美女でないことくらい重々承知していても、恋する相手からこんな風に素直に褒《ほ》められたら、気分が浮き立つ。

「私のお勧めはこちらの布地ですが――こちらにも素敵《すてき》な布地がございますのよ。はるか南の国から仕入れたものですわ。見てくださいな、このように複雑な模様が織り込まれているのです」

「これは……本当に素晴《すば》らしいですね……！」

「この上から刺繍《ししゅう》を施しても素敵ですわよ。その分、お時間を頂戴《ちょうだい》することにはなりますが」

こんなに繊細な織の入った布は見たことがなかった。

この模様を生かすためには、どんなドレスにしたらいいのだろう。さらにこの上から刺繍を施すなんて、考えただけで眩暈《めまい》を起こしそうな贅沢《ぜいたく》だ。

「い、いえ……そこまでは」

「刺繍か、それもいいな」

ソファに半分身体を預けるようにして、メルティアの様子を見ていたルディウスは、うんとうなずく。

「では二着仕立てるか？」

「……一着で十分ではないかと。時間もありませんもの……その、仕立てる人に過剰な労働を強いることになりますので」

庶民として暮らしていた間、顧客の無茶な注文に応えようとする職人を見る機会は、幾度となくあった。

もちろん、彼らも最初から無理だと思って受けているわけでもないのだが、依頼人には贔屓《ひいき》にしてもらっている、恩義がある、この仕事で名を上げたい――など、様々な事情があって受けていたのである。

だが、そこまでして無茶な労働を強いるというのも、あまりよくないだろう。メルティアの言葉に、ルディウスはいくぶん不満そうな顔になったものの、最終的にはメルティアの言葉を受け入れた。

「そのあと、晩餐会《ばんさんかい》用のドレスも仕立てないといけないからな。結婚を披露《ひろう》する宴《うたげ》は、代々赤と決められているからそれで頼む」

「かしこまりました。デザイン画はこちらにご用意してありますので、後ほどご確認いただければ、と」

今日は、婚儀で身に着ける花嫁衣装だけ決めるのかと思っていたら、手際よく次回の準備まで進めていたらしい。

――こうでもなければ、帝国で生き残ることはできないのかも。

彼女の手際のよさに、ただただ驚くしかなかった。

そして、準備を進めること三か月。ついに婚礼の日がやってきた。

ルディウスの希望に添って仕立てた花嫁衣装は、最高に美しかった。

襟は高く、胸元は完全に覆《おお》われている。真珠を使ったボタンが胸のところに並び、ドレスに輝きを添えていた。

襟と手首のところには同じレース。メルティアのしなやかな肢体を引き立てるかのように、袖は腕にぴたりと沿った形だった。

スカートは裳裾《もすそ》を長く引いている。最終的に選ばれたのは光沢の美しい布地であり、そこに繊細なレースを重ねていた。

胸のところに並ぶボタンだけではなく、いたるところに真珠が縫い付けられていて、このドレスだけでも一財産と呼べるほどの金額である。

ベールの縁には、ドレスにあしらわれているのと同じレースが縫い付けられている。雲のようにふわふわとしている薄いベールは、メルティアの視界を薄く遮《さえぎ》っていた。

清楚だ——と仕立屋はメルティアのことを賞賛していたが、清楚という言葉を具現したようなデザインだ。

髪は何本もの編み込みが作られ、耳のところには生花が飾られている。コテで緩やかに巻かれた部分は肩から背中に流していて、いつもはしない髪型に、今日という日の重要性を目の前に突き付けられたような気がした。

白い長手袋をつけ、手にしているのは百合《ゆり》を中心とした白い花。花の香りが、身動きする度にふわりふわりと立ち上り、これが夢ではなく現実なのだとメルティアに告げている。

そして、メルティアと並ぶルディウスも、白を基調とした衣服を選んでいた。裾の長い上着は、金の刺繍が施されている。よく見なければわからないだろうが、彼の上着に刺繍されているのは、メルティアのドレスに使われているのと同じ意匠であった。

いつもは無造作《むぞうさ》に整えているだけの髪も、今日はきっちりと前髪を上げている。だからだろうか。いつもと表情まで違うように思えて、こちらまでドキドキしてしまう。

「行くか」

「……はい」

ルディウスに導かれ、神の前で愛を誓う。結婚証明書に署名をする時は、手が震えるのを抑えることができなかった。

「それでは、誓いの口づけを」

集まっている人達の前で口づけるようにと言われ、そっと顔を上げる。何度も唇を触れ合わせることはしてきたはずなのに、今日が一番熱くて甘いように感じられてならなかった。

無事に夫婦と認められた二人が聖堂から出てきた時には、中に入れなかった人達が待っていた。

「メルティア様！　おめでとう！」

「陛下、おめでとう！」

扉を出てすぐのところにいたのは、まだ皇宮で暮らしている子供達だった。手にした籠から花弁を摑《つか》んでは、二人に向かって投げつける。

「……嘘《うそ》」

思わずこぼれたのは、子供達の参列が、こんな近くだとは思ってもいなかったからだった。

「子供達も参加したいと言うからな。俺も、その方がいいと思ったんだ。この子供達も、メルティアが幸せになるところを見届けたいだろうから、と」

本当に、ルディウスは――どうして、メルティアの望みを完璧にかなえることができるのだろう。

「ありがとうございます……もう、こんな日なのにどうして……」

じわりと滲《にじ》むのは、喜びの涙だ。

育った城から逃げ出した時、いつ死んでもおかしくないと思った。

乳母達と暮らしている間、何もできない自分が歯がゆかった。

襲撃され、攫《さら》われ、売られようとしていた時――もう、幸せな結婚なんてできないものだと思っていた。

それなのに、こんなにたくさんの人に祝福されて。捕らえられていた間、互いに支え合った子供達まで参列している。

「俺が、そうしたいと思ったんだ。だから、メルティアは何も気にしなくていい」

本当に、この人は――とメルティアはしみじみと思う。こんなにもやすやすとメルティアの心を溶かしてしまう。

集まった人々の前でルディウスに口づけられたけれど、あまりにも幸せで眩暈を起こすかと思った。


白一色の花嫁衣装から、赤を基調としたドレスに着替える。いくぶん広めに開いている胸元には、職人達が一年がかりで織り上げたというレースが飾られていた。

身頃には、小さな宝石を縫い込んだ刺繍がびっしりと施されている。この短期間で、ここまで精緻《せいち》な刺繍を施すのは大変だっただろう。

スカートは、布地をたっぷりと使い、華やかさと優雅さを演出している。その裾にもまた、身頃に刺繍されているのと同じ刺繍が施されていた。

身に着けると、いつも着ているドレス以上にずしりと重い。

さらに、首には皇帝一族に伝わるという見事なダイヤモンドの首飾り。メルティアの親指の爪ほどもある、大きなダイヤモンドが二十粒使われている。さらに、小粒のダイヤモンドが何粒も連ねられていて、こちらもまた首の周囲をずっしりとさせていた。

揃いのイヤリングは、垂れ下がるタイプのもので、頭を動かす度にゆらゆらと揺れる。長手袋に包まれているほっそりとした手首にもまた、揃いのブレスレットがつけられていた。

そして、頭上を飾るのは、皇妃だけが身に着けることを許されたティアラだ。

これもまた、煌《きら》めくダイヤモンドが惜しげもなくあしらわれている。最初に頭に載せた時には、頭が肩に埋まってしまうのではないかと、心配になったほどの重さがあった。

頭上がそれだけずっしりとしているので、顔の向きを変えるのもやっとのことだ。ルディウスに手を取られても、歩きだすのも容易ではなかった。

「……動きにくそうだな」

「これが、皇妃の重みなのかと思うと、身の引き締まる思いです」

メルティアの方も、冗談や嫌味でこんな発言をしたわけではない。この衣装の重さが、そのまま皇妃としての責務の重さにも感じられるのだ。

そして、自分がその責務をどこまで果たせるのか心配になってくる。

ルディウスの手を借りて、広間に入る。招待客達が、立ち上がって二人を出迎えた。

——こんなにも、たくさんの人が集まっているなんて。

こちらを見つめている目。メルティアが、皇妃としてふさわしいのかどうかを確認しようとしているかのようで、思わず身体を固くする。

中でも、こちらを射るかのような目つきで見ているのは、マリエッテの側《そば》にいる男性だ。面差しが似ているから、彼がフェルステーフ公爵だろう。

——公爵のような立場にある方と、今までお会いしたことがないというのも不思議な気がするわね。

そういえば、ここひと月ほど、貴族達と顔を合わせる機会はなかった。今まで何度か皇宮に招待していた同じ年頃の女性達もだ。

婚儀を控えて忙しかったから、メルティアもさほど気にしていなかったのだが、何か問題でもあっただろうか。

——何か問題があったとしても……私に何ができるというわけでもないのだけれど。

隣に立つルディウスを見上げる。

晩餐会の彼もまた、美々しく装っていた。メルティアの衣装が赤を基調にまとめられているとすれば、彼のそれは黒。金糸と銀糸で施された刺繍が美しい。

皇帝の婚儀に着用する衣服だとあって、職人達も気合いが入ったようだ。

「……皆、よく集まってくれた。エトニア王女であり、皇妃となったメルティアだ。今までは、なかなか他の者の前に出ることもなかったのだが――これからは、よろしく頼む」

「かしこまりました」

ルディウスの言葉に、一同恭《うやうや》しく頭を下げる。メルティアは、意識して深呼吸を繰り返した。そうしなければ、この場の空気に呑《の》まれてしまうと思ったのだ。

宴が始まってからも、穏やかな空気は変わらなかった。皆、なかなか結婚しようとしなかったルディウスが、ようやく身を固めたことにほっとしているようだ。

一部、メルティアを娶ったことを面白くないと思っている人もいるようだったけれど、それをこの場で表に出すような愚《おろ》か者はいない。

次から次へと挨拶《あいさつ》にやってくる人達と、懸命に会話を交わす。事前に、この国の貴族達について勉強する時間は与えられたけれど、覚えてきたことと目の前の人物を一致させるのはなかなか難しかった。

「……陛下！」

挨拶に訪れる人の波がいったん途切れた頃。

慌ただしい様子で側に寄る侍従に、ルディウスは怪訝《けげん》な目を向ける。

「どうした？　よほどのことがなければ、宴の最中には入ってくるなと言ったはずだが」

「吉報でございます。今日、この日を祝うのにふさわしい吉報でございます――派遣した軍が、エトニアの地を取り戻しました」

侍従が、なんと言ったのか――メルティアは、目を瞬かせた。

だが、ルディウスは満足そうにうなずいた。まるで、この知らせが届くと以前から知っていたかのように。

「あの、どういうことでしょう……？」

「皇妃の国が、他の国に占領されたままなのは困る。先に、軍を派遣したんだ」

なんてことないようにルディウスは口にするけれど、かなり大ごとなのではないだろうか。

「……でも」

軍を派遣するとなると、時間が必要になるはずだ。兵を集め、食料や医薬品といった補給物資も用意しなければならない。

一朝一夕にできることではないから、事前に準備をしていたのだろう。だが、いつの間に準備をしていたのだろうか。

「どうした。嬉しくないのか？」

「いえ、嬉しい、のですが……」

微笑もうとしているのに、顔がこわばってしまったようだ。目のあたりがじわじわと熱くなっていく。

――このままでは、泣いてしまいそう。

嬉しいのだ。少なくともルディウスの、帝国の支配下に入るのならば、エトニアの民が虐《しいた》げられることはなくなるはず。

メルティアには力がなく、国を取り戻すまで何年もかかると思っていた。

思いがけず、ルディウスの力を借りられるようにはなったけれど、まさか、こんなにも早く実現するとは。

「あまりにも喜びが大きいと、どんな顔をしたらいいのかわからなくなるものだ……と初めて知りました。ありがとうございます、ルディウス様」

そう言って微笑むと、ルディウスもまた嬉しそうに目を細めた。

「俺がメルティアを娶《めと》ると決めた時には、もう軍の派遣を決めていた。できることなら、俺自ら取り戻したいところだったんだがな」

いくぶん、不満そうにルディウスの口角が下がった。皇太子だった時代、父皇帝に代わって戦地を飛び回っていた彼のことだから、自分で出ていきたかったのだろう。

「だが、メルティアを放っておくわけにもいかないし、俺がやらないといけない政務も山積みだ。大きな問題にはならないだろうと判断したから、信頼の置ける者を行かせた」

市井《しせい》で暮らしていた間に、すっかり国家間の情勢には疎《うと》くなってしまったのだが、エトニア王国を滅ぼしたあとも、ネディス王国の国力は衰《おとろ》える一方なのだそうだ。

エトニアの金を用いて、一時期は息を吹き返したこともあったらしいのだが、五年前に王が代替わりした頃から国内で問題が発生し始めたらしい。

その問題がどういったものかは、この場で話すことではないと、ルディウスは教えてくれなかったが。

「嬉しい……私、嘆《なげ》くことしかできなかったから」

「そんなことはない。メルティアがいたからこそ、集まってきた者達もいただろう」

「無事だと……いいのですが」

ふと、遠い目になる。ルディウスに大きな迷惑をかけているというのに、さらに乳母達を探してほしいと、こちらからルディウスに言いだすことはできなかった。

もし、生きているのならば、とっくの昔に連絡があっただろう。それがないということは
――おそらく。

だが、頭を振って、その考えを頭から追い出す。今は、暗い顔を見せてはいけない。

「皆、無事だ。あの時だって、自分達の身は守れたのだろう」

「そうですね……それにしても、ずいぶん短期間でネディス王国の軍を追いやることができたのですね」

「ああ、現地で彼らに抵抗している者達がいるんだ。彼らとうまく連携を取ることができた」

ルディウスが言っているのは、旧家臣達のことだろう。メルティア達も、密かに援護していたが、旧エトニア領で民を守るための活動をしている者達がいる。

「彼らに会うことはできますか？　……お礼も言いたいですし」

「まだ、あちらの情勢が落ち着いていないからな。落ち着いたら、一緒に行こう」

「よろしいんですか？」

懐《なつ》かしいエトニアの地を、ルディウスと一緒に踏むことができる。それは、メルティアの心に大きな喜びをもたらした。

「もちろんだとも――だが、もう少し情勢が安定してから、だな。すぐには連れて行ってやることはできない」

「それは当然ですね」

メルティアは、自分の身を守ることさえ難しい。安全になってからというのも当然だ。だが、故郷に帰ることができると思えば、そんなのは些細《ささい》な出来事だ。

「仲がよろしいのは、けっこうなことですな。皇妃陛下、おめでとうございます」

最初に声を上げたのは、フェルステーフ公爵だった。

「ありがとうございます、皆さん、本当にありがとう」

兵を派遣すると決めたルディウスだけではない。それに反対しなかった貴族達も、メルティアにとってはありがたい存在だった。

彼らが反対したら、いくらルディウスが皇帝だったとはいえ、軍を動かすことはできなかったはずだ。

再び、次から次へとメルティアのところに貴族達がやってくる。彼らの捧げる祝福の言葉に、メルティアは笑顔で返し続けたのだった。


宴が終わったのは、いつもの就寝時間を過ぎてからだった。

朝から忙しく動き回っていたから、正直なところ身体は疲れを覚えている。だが、ルディウスがエトニアを取り戻してくれたと聞いて、胸が熱くなっていた。

どうやら、まだ興奮から冷めていないようで、身体は疲れているのにまったく眠気など覚えない。

それでも、熱めの湯を張った浴槽に浸かった時には、思わず声を漏《も》らしてしまった。今日一日の疲れが、湯の中に溶けていくようだ。

侍女達が丹念に身体を洗い、香りのいい香油で手入れをする。宝石やドレスの重さに耐えていた首筋や肩を、優しい手つきでもみほぐされ、快感の吐息をこぼした。

「今夜が、初夜ですものね」

「徹底的に磨き上げなくては――髪にも香油をすり込みましょう」

使われているのは、何種類かの花の香油を混ぜ合わせたものだ。ふわりふわりと立ち上る香りは複雑で、とても華やかだ。

髪は艶が出るまでブラシをかけられ、そこにもまた香油がすり込まれた。顔を動かす度に、鼻先を花の香りがくすぐっていく。

――今夜が初めてというわけではないけれど。

こっそりそう思って、一人頰を赤くする。

ルディウスとは、もう何度も夜を共にしている。彼の手や唇が与える快感も、貫かれた時の悦びも、もう完全にメルティアの身体に刻み込まれている。

だが、皇妃として、彼の妻としての夜は初めてだ。今までの夜とは違うようで、胸の高鳴りを抑えることができない。

「……ありがとう」

侍女達に礼を言って立ち上がる。

メルティアの身を包むのは、薄手のナイトドレスだ。油断していると、身体の線がくっきりと浮かび上がってしまう。

これから眠るのだというのに——その前にいろいろあるとしても、だ——レースやリボンがふんだんにあしらわれている。眠るためというより、見せるための品だ。

——私、大丈夫かしら。

ルディウスの部屋に通じる扉の前に立ったものの、扉を開く勇気は出ない。もじもじと、胸元のリボンを弄《いじ》り回しながら立っていたけれど、大きく息をついた。

このままここで、朝まで立ち尽くしているわけにはいかないのだ。

——あら？

勇気を振り絞り、扉を開いて寝室に入ったところで、立ち止まってしまった。

室内の明かりは、極限まで落とされている。甘く柔らかな香りは、キャンドルに香油を落としてあるからだろうか。

花嫁を迎え入れる準備はできているのに、ルディウスの姿が見えない。

まだ、支度に手間取っているのだろうか——それとも、何か緊急事態が発生したのだろうか。何が起こっても驚かない。

「遅い」

だが、左手の方から不満そうな声がして、メルティアは飛び上がった。長い脚を組んで椅《い》子《す》に座っていたルディウスは、その脚を解いてゆっくりと立ち上がる。

「お、遅かった……ですか?」

「待ちくたびれたぞ。このまま寝てしまうところだった」

「それは……その、申し訳なく……」

メルティアは身を縮めた。ルディウスを待たせるつもりはなかったのだ。

だが、今夜が特別な夜だと思えば、ただ寝所に入るだけとはいえ、身支度を調えるのにも気合いが入ってしまった。

その気合いが余計なものだったと言われてしまえば、それまでなのだが。

「冗談だ。だから、そんな顔をするな」

「冗談だなんて……ひどい」

申し訳ないと思っていたのに、冗談だったなんて。ルディウスの前では不機嫌な顔は見せたくないと思っていたはずなのに、ついむっと口角を下げてしまった。

「俺が悪かった。謝る。この通りだ」

なのに、ルディウスが頭を下げるものだから、今度は慌ててしまった。一国の皇帝が、そんなにたやすく頭を下げていいはずがない。

「……顔を上げてください、ルディウス様」

「そうか？」

ルディウスの肩に手を置き、顔を上げるように促せば、こちらを見上げた彼は笑っていた。

また、からかわれたらしい。

――こういう姿を見られるのは私だけって、そう思えたらいいんでしょうけれど。

それにしたって、メルティアのことをからかいすぎだ。悔し紛れにぷいと顔を背けたら、腰に手を回して引き寄せられる。

胸板に顔を押し付けられて、急に今夜がどんな夜なのかが思い出された。熱くなった頬を隠すように、ルディウスの胸板に額を当てる。

規則正しい鼓動が伝わってきて、その鼓動に心が凪《な》いでいくような気がした。呼吸に合わせて、わずかに彼の胸が上下している。

「……メルティア」

ルディウスが呼ぶメルティアの名は、こんなにも愛おしく感じられるものだったのか。顎に手がかかり、顔を上向けられて、至近距離から見つめ合う。

――私は、ルディウス様のことを。

だが、そこから先は続けてはならない。この結婚が、どんな約束のもとに成り立っているのかを考えたなら。

瞬きを繰り返していたら、ルディウスは黙って唇を重ねてきた。重なり合う体温。混じり合う吐息。こうしているのが、あまりにも自然に思えてきて、うっとりと身をゆだねる。

角度を変えて口づけられ、舌の先でゆっくりと唇をなぞられた。舌で唇をつつかれ、促されるように開けば、ぬるりと舌が入り込む。

「んっ……ふ、ぁ……」

それだけで、メルティアの体温は一気に上昇した。先を尖《とが》らせた舌で上顎をくすぐられれば、腰のあたりにぞわぞわとする感覚が走る。

「あ、はぁ……ルディウス……さ、ま……」

そのまま、巧みな舌使いで口内のいたるところを攪拌《かくはん》されると、あっという間に腰が抜けてしまった。

ルディウスの寝間着に懸命にすがっていたが、立っているのも困難になってくる。

「すっかり、俺に慣れたな」

「言わないで……」

初めて結ばれてから、今日にいたるまでの間、何度同じ夜を過ごしたのか数えることはできない。

ルディウスの側にいれば、何も怖いことはないのだと思うことができた。かつて、何もできない自分を呪ったのが嘘《うそ》のようだ。

初めて結ばれたのが、ルディウスでよかった。

神の前で愛を誓ったのが、ルディウスでよかった――この結婚が、彼にとっては政略上必要なものだったからという理由があったとしても。

「あ、あぁっ！」

薄手のナイトドレスの上から大きな手で乳房を揺らされ、あられもない声が上がる。そのまま勢いよくベッドに押し倒されて、天上を見上げた。

――どうしよう。

ルディウスの目に浮かぶ欲情の色に気づいてしまえば、メルティアの身体の奥にも熱がともる。

「今日のは、ずいぶん脱がしやすそうだ」

「――なっ！」

慌てて両手を胸の前で合わせ、身体を小さく丸める。

ルディウスと初めて結ばれた日、背中のボタンを外すのに手間取った。

それに引き換え、今日のナイトドレスは、本来ボタンが並ぶべき場所にはリボンが縫い留められていた。片側をボタンホールに通したリボンを結んで、前が開かないようにしてある。

透けてしまいそうなほどに薄く、繊細な生地のリボンは、たしかに片手でも簡単に解くことができる。

——別に、そこまで考えていたわけ、じゃ……。

まるで脱がされることを前提に——初夜なのだからそれで正解なのだが——このナイトドレスを選んだようだと、みるみる赤くなってしまった。

笑顔でこれを差し出してきた侍女は、今夜が上首尾に終わることを期待していたのだろうが。

「……あっ」

横倒しになって身体を丸めているメルティアのうなじに、ルディウスの唇が触れる。ちりっと焼けつくような痛みが一瞬走った。

その感覚は嫌なものではなく、むしろ、身体がますます熱を帯びてくるようだ。

「メルティア……」

低く艶《つや》やかな声で名を呼ばれれば、丸まっていた身体も自然ととけていく。横倒しになっていたのを、くるりと向きを変えられて天井を見上げた。

——だめ。もう、熱くて……。

うなじに口づけられただけなのに、そこから甘い陶酔が全身へと広がっていく。いつの間に、こんなに感じやすくなってしまったのだろう。

「これはいいな。メルティアの寝間着は全部こうしようか」

「あっ……や、あ、あぁっ！」

首筋に沿って舐《な》め下り、鎖骨に軽く歯を立てたルディウスが次に目指したのは、わずかに胸の谷間をのぞかせている胸元だった。

白いリボンが、メルティアの呼吸に合わせてゆっくりと上下している。

のぞいている谷間に、ちろっと舌を差し込んだかと思ったら、リボンの片方の端が歯で挟まれた。

「えっ……あ、あのっ……」

リボンを咥《くわ》えたルディウスが、こちらを見上げて唇の端をつり上げる。その目はなんとも言えない色気をはらんでいて、思わずメルティアも息をつめる。

身じろぎもせず見ているメルティアの目の前で、ルディウスはゆっくりとリボンを引く。

しゅるり、とかすかな音がしてリボンが解けた。

ボタンホールに通されている部分は、小指の先で引っかけて抜いてしまう。

その間も、メルティアの反応をうかがっているかのように、ルディウスの目はこちらを見つめたまま。

「はっ……んぅ……」

直接肌には触れられていないのに、胸の頂《いただき》に神経が集中していく。下にずれたルディウスは、次のリボンを歯で挟んだ。

「あっ……あっ……」

再び視線を合わせたまま、口でリボンを解かれる。乳房には触れられていないのに、どうしてこんなに胸の先端が敏感になっているのだろう。

「やっ……ぅ……ん、は、ぁ……」

リボンが解かれていくに従い、部屋の空気に触れる肌面積も広くなっていく。どんどん身体が火照《ほて》っていくのがどうしようもなくて、シーツの上で身体をくねらせた。

「今ので感じたのか？」

「そういうこと言わないでください……！」

ルディウスの声音に、からかうような色が混ざっているのがわかるから、いたたまれなくなる。

しゅるりとまた一本、リボンが解かれた。まだ下の方は解かれていないけれど、少しずらせば簡単に素肌があらわになる。

隠そうとしたけれど、視線で止められ、身体の両脇にだらりと垂らした手でシーツを摑《つか》んだ。

むき出しにされた乳房は、頂がつんと硬くなり赤く色づいていて、今までの愛撫で感じていたことを明らかにしてしまう。ルディウスの視線がどこに向かっているのかに気づけば、あっという間に全身を真っ赤に染め上げてしまった。

「あ——あ、あっ」

「たったこれくらいでこんなに硬くするなんて、ずいぶん素直になったな」

立ち上がった頂を、からかうように軽く弾《はじ》かれると、身体の奥で欲望が膨れ上がる。

「ルディウス様は、意地が悪い……あっ、あぁっ！」

今度は爪で引っかかれて、はしたない声が漏《も》れた。痛くはないが、痛みと快感ぎりぎり紙一重の感覚だ。背中をしならせる動きで、豊かに実った乳房が弾むように揺れる。

「ん……や、あぁ……だめ、だめ、なんです……！」

片方の頂がルディウスの口内に含まれた。とたん、背筋を震わせる凶悪な愉悦。

もう片方の頂は、親指と中指の二本の指で挟まれ、きゅっきゅっと左右にひねられる。残った人差し指で頂点を叩《たた》かれ、ぐっと下腹部が熱くなった。

「もう、もう、だめ……だめ、です……！」

「今日は、ずいぶん音《ね》を上げるのが早いんじゃないか？」

そんなことを言われても困る。今日はたしかに肌が敏感になっている。婚儀を成功させなければならないという緊張が、一気に解けたからだろうか。

「だって……は、ぁんっ！」

空いた方の手で、脇腹がするりと撫《な》で上げられ、鼻にかかった声が漏《も》れた。

「俺も、今日は我慢ができそうになかったから、ちょうどよかったと言えばよかったが」

なんだか不吉な言葉を口にしながら、ルディウスの手が下の方に伸びてきた。

すでに、濡《ぬ》れてしまったその場所に触れられるのは恥ずかしく、思わず腿を擦り合わせる。

だが、彼の手は強引に間に滑り込んできた。

「すっかり準備できているな。もう、いいか？」

どうして、そんなことをいちいち聞くのだろう。けれど、尋ねられる度にお腹の奥がじくじくとするのだ。

無言のまま何度も首を縦に振る仕草で同意すれば、まとっているものがあっという間に剝《は》ぎ取られてしまった。

シーツの上に銀糸の髪を散らし、横たわったメルティアはルディウスを見上げる。ルディウスの方も、身に着けているものを全て脱ぎ捨てていた。

首筋から肩にかけてのがっしりとした線、鍛《きた》え上げられた肉体が目に飛び込んでくる。肩から続く力強い上腕部。たくましい胸板、綺麗《きれい》に割れた腹筋。

そこから先に視線を進めれば、幾度となくメルティアを貫いたルディウス自身が視界に入ってくる。腹につくほど反り返った雄々《おお》しい剛直。

それに貫かれた時の快感を思い出して、思わず喉が鳴る。

――私ってば。

あまりにもはしたない妄想に、思わず目を閉じた。

「そんなところを見せられると、俺も我慢《がまん》が効かなくなりそうだ」

そんな風に笑わないでほしい。

自分のはしたない反応にいたたまれなくなって、シーツを引き寄せようとする。だが、ルディウスの方が速かった。

擦り合わせていたはずの腿の間に、なんなく手が滑り込んできたかと思ったら、濡れた蜜口を二本の指が割り開く。

息をつめた次の瞬間、埋められることを望んでいたその場所は、二本の指を容易に呑み込んだ。そのまま、中を大きく抉《えぐ》られ、親指で硬くなった核を震わされたら、シーツを握りしめたり放したりしながら身悶《みもだ》えてしまう。

「あっ、あっ……い、いきなり……ゆ、び……」

いきなり二本も受け入れられるとは思ってもいなかった。今までの夜、ルディウスは常に完全に蕩《とろ》けさせてから中に入り込んできたから。

「気持ちいいのなら、問題はないだろう」

「いい、けど……あぁっ！」

指を埋め込んだまま何度も淫核を擦られると、のけぞったまま震えるしかできなくなる。身体の中心を直撃するような強い刺激に、あっという間に絶頂に押し上げられていた。

「今日はずいぶん敏感になっているみたいだな」

「言わっ……ないでっ」

恨みがましい目で見上げているはずなのに、恥ずかしげもなく腰をくねらせて新たな快感を貪《むさぼ》ろうとしてしまう。

「んっ……あ、あぁ……いや、待って……！」

蜜にまみれた指が引き抜かれ、物足りなさそうな声を上げた。下肢の奥はじんじんと痺《しび》れていて、今、刺激するのをやめられたら、不満ばかりが身体の中心に渦巻いてしまいそうだ。

「指より、こっちの方がいいだろうに」

メルティアにまたがるルディウスの手が、己自身を扱《しご》き上げた。貫かれた時の甘美な予感に、再び喉が鳴る。

「焦《じ》らしては……ん、いやです……」

わずかに濡れた先端が、ひくつく花弁に擦りつけられる。とたん、奥の方が収斂《しゅうれん》するのがわかった。

なのに、ルディウスは浅いところをかき回すばかり。押し入ってこようとはしないから、不満の呻《うめ》きが漏れる。

彼が腰を引き、追いかけるようにメルティアが腰を突き上げたら——強引に濡れた蜜洞に熱い塊が入ってきた。

「あっ、あっ……あぁぁっ！」

それだけで、再び頂点に押し上げられる。

一度、侵入を果たしたルディウスは、容赦《ようしゃ》しなかった。腰を強く摑み、うねる内壁を剛直が執拗に突き回す。完璧に感じてしまっているメルティアは、すすり泣きながら身悶えるしかなかった。

まるで、獣《けもの》に食べられてしまっているよう。

幾度も彼とは夜を重ねてきたけれど、ここまで彼が欲望をあらわにしたことはなかった。

「はぁあっ……はぁぁん……あ、あああぁっ！」

ずん、と最奥を突き上げられ、また、高々と嬌声を響かせてしまう。あまりにも快感が強くて、降りてこられないのではないかと、そんな不安が頭をかすめる。

「待って……あぁっ！　……深い……！」

背中に手が回されたかと思ったら、上半身を持ち上げられた。胡坐《あぐら》をかいて座っているルディウスと、向かい合う体勢に移行させられる。

これまで、こんな体位で交わったことはなかった。自分の体重でいつもより奥まで受け入れてしまい、今まで知らなかった個所を擦り上げられて、たまらずに腰が痙攣《けいれん》した。

「待って、ルディウス様……うごか、ない、でっ！」

かすかな身じろぎだけでも、奥の方が刺激される。後ろに倒れ込んでしまいそうで、慌ててルディウスの首にすがりついた。

「動かないでと言われてもなぁ」

「あっ、あぁぁんっ！」

ゆっくりと腰を回すようにされただけで、重い愉悦が押し寄せてくる。今日は、もう何度達したのだろう。

あと何度達したら許されるのだろう。

いつの間にかルディウスの動きは変化していた。強く腰を掴まれながら、下からガツガツと突き上げられる。

激しく腰が揺すり上げられると、呼応するように淫《みだ》らな蜜壁は熱杭に絡みつく。

「もう……、もうっ……無理……！」

これ以上されたら壊れてしまう。涙交じりに訴える。腰を掴むルディウスの手に力がこもった。

「俺も、そろそろ、だ……！」

唇を合わせ、呼吸まで貪られるようにされながら、身体の奥に熱が放たれるのを、意識の底で把握する。

「本当に、意地が悪い……ですね……」

最後の一滴まで絞り上げようとしながらそうささやけば、なだめるようにこめかみにキスされた。

第五章　喜ばしい知らせ

メルティアがルディウスの妃となって、二週間が経過した。

大きく変わった生活についていくのは大変だ。特に、市井《しせい》で育ってきたメルティアの場合、教育が足りていないところも多々ある。

本来ならば、皇妃教育は結婚前に受けるのだが、結婚を急ぎたいというルディウスの言葉もあり、皇妃養育が終わる前に婚儀を行ってしまった。

そのため、しばらくの間は皇妃としての政務の他、皇妃教育を並行して受けていくことになる。当面、慌ただしい日が続くことになりそうだ。

勉強に集中したいからと侍女達にも外に出てもらい、一人明日の予習にいそしむ。

――時間が足りないわね。

熱中していたのは、一時間ほどだっただろうか。ふと、集中力が途切れて顔を上げる。

教科書に戻ろうとするものの、一度途切れた集中力を呼び戻すのは難しかった。

はっと息をついて室内を見回す。家庭教師を招いて授業を受けたり、自主学習したりするのに使うこの部屋は、メルティア好みに設えられていた。

カーテンもソファに張られた布も、温かみのあるベージュで統一してある。室内に置かれているのは、必要最低限の家具だけだったけれど、それが集中力を高めるのに役立つような気がして気に入っている。

――学ぶ機会をいただけるというのは、ありがたいわ。

もう一度、ページに視線を落としながら心の中でつぶやいた。

もともと、何かを学ぶことは好きだった。

乳母《うば》達と一緒に商人の娘として生活していた頃も、どうやったら売り上げを上げることができるのか、どうやったら店に客を招くことができるのか。

書物で勉強したり、町を行き交う人達を見たりして研究した。その研究が実を結んだ時には、両手を打ち合わせて喜んだ。

手に入れることのできた書物を使って、貴族として受けるべき教育を受けるのも好きだった。

だから、今改めて学ぶ喜びを与えられて、その喜びを全身で受け入れているところだ。

どのくらい熱心なのかと言えば、机にかじりついているばかりではなく、少しは外の空気を吸うようにと、ルディウスから苦言を呈されるほど。

――いつまでも、こうしているわけにはいかないもの。

メルティアが焦《あせ》るのには、もう一つの事情がある。

「子供達も……いつまでも、ここで暮らすというわけにはいかないし」

婚儀の際、花弁を撒《ま》いてくれた子供達も、いつまでも子供というわけではない。今はまだ皇宮で暮らしているが、いずれは出て行かなければならない。

家族が見つからないのなら、メルティアが身元の保証人となって、この国で働き口を世話した方がいいかもしれないと考えているところだ。

そのためにも、早く立派な皇妃にならなくてはならない。

――いいえ、エトニアにエトニアに帰れるのならその方がいいのかも……。

そう考えていると、ページをめくる手がつい止まった。八年前、乳母達に連れられて故郷を離れてから、メルティアも一度も戻ってはいない。

今のエトニアは、ディミリア帝国の支配下にある。もう少し情勢が落ち着いたら、連れて行ってくれるとルディウスは言っていた。

皇宮で暮らしている子供達も、エトニアの地に戻った方が安心するかもしれない。

帝国の歴史を復習していたはずが、思いはつい別の方向に向かう。

「……メルティア、少しいいか？」

扉の向こうから声がして、メルティアは視線を巡らせる。まだ夕食前の時間だというのに、彼がメルティアの部屋を訪れるのは珍しい。

「どうかしたのですか？」

扉を開いて招き入れれば、入ってきたルディウスの手には、白い封筒があった。

「喜べ。メルティアの乳母夫婦が見つかったぞ。娘夫婦も無事だそうだ」

「……本当ですか？　でも……どうして」

ルディウスが差し出した封筒には、乳母の名が記されている。長年一緒に暮らしていたから、その筆跡が乳母のものであることもすぐにわかった。

ありがたく手紙を受け取り、胸に抱きながらも疑問が芽生える。この手紙は、誰がどうやって届けてくれたのだろうか。

メルティアを皇妃にすると決めた時、ルディウスはメルティアの名を大々的に広めた。エトニア王家の生き残りが、ディミリア皇帝に嫁ぐ、と。

だが、それを聞いてメルティアの生存を知ったところで、皇宮に手紙を出すわけにもいかない。

「メルティアの無事を知らせるのに使者を出しただろう」

「ええ……私を救出してくださってすぐに」

あの時、家にいなかったら、乳母達を探してくれるとも言っていた。家を離れていたなら、見つかる可能性は低いと思っていたけれど。

「メルティアの乳母達は、住まいを移していたんだ。それで、見つけ出すのにここまで時間がかかってしまった」

「……ありがとうございます」

ルディウスが読むようにと合図してくれたので、彼の目の前で乳母からの手紙を開いた。

そこには、メルティアがいなくなって心配したこと。乳母夫婦も娘夫婦も無事に全員逃げられたこと。

メルティアが、ディミリア皇帝に嫁いだという話も聞いていたことも。乳母達を探しに来た使者に手紙を託したのだという。

まだ、襲撃された家の復興が終わっておらず、今回使者に同行することはできなかったが、来年にはメルティアに会いに来たいと、そんなことまで書かれていた。

それだけではない。乳母夫婦は、信じられない出来事も書いて送ってきた。

――ウィレムが、生きている……本当に……？

最後に書かれた一文に、メルティアは目を見張った。

離れ離れになった時、彼はまだ四歳だった。探したけれど、見つからなかった。もう二度と会えないのだと、そう諦めていた。

八年前、いよいよ城が落ちようとした時。

メルティアの乳母とウィレムの乳母は別々に逃げることを選択した。

ウィレムの乳母には、ウィレムより四歳上の男の子と、ウィレムより半年早く生まれた男の子がいた。彼らにウィレムを託した時、『無事に生き延びて』と、額にキスをしたのを覚えている。

これだけ探しても見つからないのだから、もう亡くなっているのだろう。そんな諦めに似た気持ちもあった。

「生きていてくれた……連絡は取れなかったけれど……」

喜びというものは、連鎖するのだろうか。こんなにも喜ばしい知らせが、次から次へと届くとは思ってもいなかった。

「ルディウス様、ルディウス様……ありがとうございます、本当に！」

この感謝の気持ちを、どう表せばいいのか。

手紙を机にそっと置き、ルディウスの方に歩み寄る。彼は、メルティアが手紙を何度も読み返すのをじっと見つめていた。

「礼なんていいんだ。俺も、ウィレムのことは気になっていたからな」

そんな風に言うが、ルディウスとウィレムの間に接点はない。唯一の接点は、十年前、ウィレムへの土産を探す時に、ルディウスが手伝ってくれたという間接的なものだけ。

それなのに、彼が弟を気遣ってくれていたと思うと、胸が温かくなる。

「今、ウィレムはどうしているんだ？」

「あちらこちら、移動しながら生活していたそうです。やはり、身元が知られるのを恐れていたようで」

メルティア達が腰を据え、商人として生きていたのとは対照的に、ウィレム達は行商人のように移動しながら生活していたそうだ。

各地に点在している仲間達の元を訪れ、しばらく滞在し、また次の仲間のところへと向かう。

一家で移動する行商人は珍しくないから、ウィレム達も市井に紛れていられたのだろう。

彼らは彼らで結託し、旧エトニア国内でネディス王国に対して密かな抵抗を続けていたのだとか。

ウィレムはまだ成人していないから、彼の名を外に出すことはしなかった。数年後には決起できるよう、準備を進めていたらしい。まだ時期尚早だからと、メルティアもウィレムも表に名を出さないようにしていたから、いろいろなところですれ違ってしまっていたそうだ。

「……そうか。それはよかった」

ルディウスの手が、メルティアの肩に伸びる。彼の胸に引き寄せられて、自分がまた涙を流しているのを知った。

――すっかり、涙もろくなってしまったかもしれない。

国を離れた時、涙は捨てたものだと思っていた。だが帝国に来て、ルディウスの側《そば》にいられるようになって。

彼が、次から次へと大きな喜びをもたらすものだから、メルティアの涙腺は弱くなる一方だ。

「ウィレムは、俺のことを知っているだろうか」

真顔でルディウスが問う。

ウィレムと遊ぶ時には、彼のお気に入りのおもちゃを送ってくれたのが誰なのか、よく話をしたものだった。

一度だけ会った大国の皇太子。その彼が、ウィレムのためにわざわざおもちゃを選んでくれたのだと。当時のウィレムが、それをどこまで理解していたかは、わからないけれど。

「よく話はしました。一度だけ訪れたこの国で、私がどれだけ素晴《すば》らしい出会いを得たか」

そうか――とつぶやいたルディウスは、メルティアの背中に回した手に力をこめる。

「そうだな。彼がこちらに来てくれたら、いろいろなことが一度に解決できるな」

「解決、ですか？」

「ウィレムがいるのなら、エトニア王国を再建して、ウィレムが王になればいいだろう」

「本当……ですか……？」

メルティアの背中を大きな手でさすりながら、ルディウスはゆっくりと口にする。

「もちろん、無償でというわけにはいかない。エトニアの金鉱から採掘される金を何割かこちらに収めてもらうとか、紙幣で支払いをするとか――俺の妃の弟だからという理由だけで、王にするわけにはいかないからな」

つまり、エトニアを取り戻したのはディミリア帝国なのだから、それ相応の対価を支払えと言うことだ。メルティアには甘いルディウスではあるが、国が絡むとなると甘いばかりではないらしい。

「そうですね……ルディウス様のおっしゃる通りです。ウィレムが王になるのであれば、自分の地位にふさわしい行動を取らなくては」

「教育は帝国で受ければいいし、後見もしよう。そのくらいの甲斐性《かいしょう》は、俺にもある」

「そのくらいって……」

思わず小さく吹き出す。ルディウスを甲斐性なしという人は、どこにもいないだろう。大陸一の大国の皇帝だというのに。

ひょいと膝の裏に手を差し入れられ、そのまま抱き上げられてしまう。

「……あの」

控えめにルディウスを制したのは、彼がソファに向かっていたからだ。今の今まで彼を立たせっぱなしだったのに気づいて、密かに赤面する。

「お仕事に、戻らなくてもいいんですか？」

「今日は、いいんだ。俺の予定は終わった。メルティアはどうだ？」

「私は、明日の予習以外は何も」

「それなら、こうして過ごすくらいの余裕はあるな」

メルティアを横抱きにしてソファに腰かけたルディウスは、抱きしめたメルティアの肩口に顔を埋めた。

「何か、あったのですか？」

「特に何かあったというわけじゃない。だが、こうしていると安心する。だから、もう少しこのままでいさせてくれ」

「私、重くありません……？」

ルディウスは力持ちだと思うが、彼の上に座っているのは気が引ける。こわごわと尋ねたら、彼はメルティアの首に鼻を擦りつけてきた。

「やっ……ぁんっ！」

首筋をかすめる感覚に、思わず甘ったるい声が漏《も》れる。身体をくねらせて逃げ出そうとするも無駄《むだ》な努力で、完全にルディウスの腕の中に抱え込まれてしまう。

「今日のルディウス様は、少し変ですね」

「変じゃない。メルティアが、嬉《うれ》しそうな顔をしたからだ」

「……そうですか？」

いつもと、そんなに違う顔をしているだろうか。心当たりがなくて、首を傾《かし》げた。

◇　◇　◇

――今までで、一番喜んだんじゃないか？

メルティアの部屋を出て、廊下を大股に歩きながらルディウスは顎に手を当てる。

夕食の時間まではまだ少しある。あのまま夕食までメルティアの部屋で甘い時間を過ごしてもよかったのだが、夕食前に一件、片付けたかったことを思い出したのだ。

もともと、メルティアのことは好ましいと思っていたが、市井で育ってきた彼女とは様々な価値観に違いがあるらしいということは、最近になって気づいた。

妃に不自由な思いはさせたくなかったから、周囲の妻帯者に何を用意すべきかと尋ねてみたこともあった。

『陛下がそのようなことを気にかけるなんて！』

と、悪いものでも食べたのではないかというような目を向けられたのには閉口したが。

彼らの意見も大いに参考にしながら、メルティアを迎え入れる準備をしたわけであるが、彼女の顔は喜びの反面、困惑の色を浮かべることも多かった。

それを何度か繰り返し、どうやら贅沢《ぜいたく》には慣れていないらしいと、ようやく思い至った。

どちらかと言えば、子供達の相手をしている時の方が、いい顔を見せているような気がする。贅を尽くした品を贈るより、気持ちの方を大事にするらしい。

――ウィレム、か。

ずっと気にしていた弟の行方を知ることができてよかった。

メルティアにも、どこで何をしているのかは知らせないという徹底ぶりだ。ウィレムには忠臣がついているのだろう。

ウィレムはまだ十二歳。旗印として立つにも、まだ弱い。そんな彼を十年近く、ひっそりと守り育ててきたのだから、彼の周囲にいるのはよほど優秀な者なのだろう。

残念ながらルディウスに兄弟はいないので、弟というのがどんなものなのか、よくわからない。

ただ、家族を失う悲しみは知っている。

おそらく、メルティアの父であるエトニア王は戦の中で亡くなったのだろう。自ら国を取り戻そうと立ち上がらないのは、そういうことなのだと推測できる。

長い間、家臣達と共に生きてきたメルティアには、ウィレムの生存は何より大きな喜びだったのだろう。

――ウィレムが、ここに来てくれたらいいんだがな。

旧エトニア王国の家臣に、ウィレムがディミリア皇宮を訪ねることがあれば、歓迎すると伝えてある。成人するまでのあと数年の間、研鑽《けんさん》をつめば立派な君主になるだろう。その手助けくらいはすることができる。

――あとは、子供達、か。

皇宮で面倒を見ている子供達のことを、メルティアは非常に気にかけている。このままここで面倒を見てもいいのだが、もっと選択肢はあった方がいいかもしれない。

「エルート、頼みがある」

るだろうか。

「かしこまりました」

　忠実な家臣を呼び寄せ、いくつかの命令を下す。今回の措置を、メルティアは喜んでくれるだろうか。

◇　◇　◇

　時折、ルディウスはお忍びで城下町出かけることがあるらしい。

　そんな話をルディウスから聞いたのは、ウィレムが生きていると聞いてから一週間後のことだった。

　その日、ふらりとメルティアのところを訪れた彼は、見たことのない衣服を着ていた。一般の庶民が身に着けるような服だ。

　メルティアが商人の娘として生活していた頃、街中で見かけた人達が身に着けていた品よりは、いくぶん上等のように思える。

　たとえるなら、裕福な商人が身に着けるもの、というのが一番ピンとくるだろうか。貴族にしては少し、簡素すぎる。

「どうなさったんですか？」

「城下町を見に行こうと思ったんだ」

「城下町、ですか？」

「ああ。無理にとは言わないが。皇宮にいては知らなかったようなことを知ることができるから、面白いぞ」

護衛はどうしているのかと思ったら、信頼できる人間がこっそりついてきているらしい。

「もっとも、俺一人でもたいていのことには対応できるがな。メルティアも来るか？」

そう口にするルディウスの表情は自信満々だ。たしかに、軍人としても優秀な彼ならば、街中で襲撃されたとしても、よほどのことがない限り地に倒れるのは相手の方だろう。

──あの時も、そうだったもの。

メルティアをかばいつつ、犯罪者達を次から次へと倒していった。

「私も、いいんですか？」

いきなり現れての突然の誘いに、思わずメルティアは立ち上がった。

城下町を見てみたいとは思っていたが、ルディウスから誘ってもらえるとは思ってもいなかった。

「いいと思ったから誘っている──それに、視察のついでだ」

ついでだろうがなんだろうが、ルディウスの方から誘ってくれた。それだけで嬉しい。

「視察……では、エルートをお連れになるんですか？」

「いや、あいつはここに残しておく。俺の代役だ」

「だ、代役って……？」

エルートは、ルディウスの一番の側近であると当時に、影武者としての役割もある。剣の腕もかなり巧みだ。

城下町に出るのならば、いざという時のために彼を連れて行くべきではないだろうか。

「俺が出かけていると知られたくないからな。執務室の扉は閉じておいて、エルートには俺のデスクを使ってもらう。窓の外からは、俺が仕事中のように見えるだろう」

こっそり出かけたいからという理由で、エルートに影武者をやらせてしまうのはありなのだろうか。だが、メルティアがルディウスに物申せるはずもなく。

「メルティアも一緒に行きたいというのならすぐに着替えろ。三十分後には出発だ」

「三十分？　時間が足りません……！」

三十分で支度をしろとは、めちゃくちゃだ。

今のルディウスに並んでおかしくない服なんて、持っていただろうか。

衣装室の服を全部把握しているわけではないから、どこかにあるかもしれない。

混乱しながら立ち上がると、ルディウスはメルティアの前に包みを押しやった。

「これを着ろ。用意させておいた」

「そういうことは、早くおっしゃってください！」

これから服を探すところから始めないといけないと思っていたから、とても慌ててしまった。

着ていくべきものが用意されているのなら、三十分あればどうにかできるだろう。

侍女達の手を借り、ドレスを脱ぎ捨てる。

ルディウスが用意したのは、ブラウスとベスト、長いスカートの組み合わせだった。ブラウスの胸元に、ちょこんとリボンが飾られているのが愛らしい。

髪の毛も、いつものように複雑に編むのではなく、解いて結い直してもらった。一本の三つ編みにして、肩から前に垂らす。

「……馴染《なじ》むわ」

自分の姿を見下ろして、思わずつぶやいた。

今、身に着けている服は、煌《きら》びやかなドレスよりずっとメルティアに似合っているように思える。こんな服を着て過ごしていた時間が長いからだろうか。

――いつもは、美しい服に着られているということかもしれないわね。

鏡の前で、うっかり遠い目になる。

いまだに美しいドレスをまとうと、どこか借り物のように感じてしまう。ルディウスの隣で生きていくと決めたのなら、慣れなくてはならないのに。

着替えて戻ると、ルディウスは満面の笑みを浮かべた。

「似合うな！　思った通りだ！」

茶色のベストとスカートの組み合わせは、色合いこそ地味なものだが、飾りボタンになっていたりスカートの裾に小さく刺繍《ししゅう》が入っていたりと、工夫がこらされていて可愛らしい。

「似合っているのなら……よかったです。ありがとうございます、ぴったりです」

「よし、行くか――そこから、外に出るぞ」

廊下の端に設けられている出入り口から、するりと外に出る。

少し進んだところに、馬が隠されていた。本当にこっそり出かけるらしい。

「戻って来た時、入れなかったらどうするんですか？」

こんな風に完全に皇帝としての顔を隠してしまって、大丈夫なのだろうか。

「俺しか知らない出入り口があるんだ。鍵を持っているのも俺だけだ」

「……まあ」

「こうやって出かける時用に、用意させたんだ」

皇帝になってからすぐ、出入り口を設けたのだそうだ。なんとも用意周到なことである。

一応乗馬はできるが、今回はルディウスの前に乗せてもらう。二人を乗せた馬は、ゆったりとした足取りで進んでいく。

少し行っただけで、すぐに街中の光景は変化した。

「私、ここに来てから、こういう光景を見るのは初めてです」

「ずっと城内にいたからな――これからは、時々こうやって付き合ってくれ」

「はい！」

舞い上がらないようにしなくては、と心の中で自分を戒《いまし》める。こんな風に大切にされたら勘違いしてしまいそうになるけれど、二人の結婚は政略上のものでしかない。

ウィレムのことも喜んでくれたけれど――図に乗ってしまったら、この幸せは簡単に崩れてしまう。

――私に、利用価値があるうちは。

ルディウスは、メルティアを大切にしてくれる。

いや、利用価値がなくなったとしても、わかりやすく粗略には扱わないだろう。

今までのように、大切に扱ってくれるはずだ。メルティアが侮《あなど》られることがないように。

ルディウスの重荷になるようなことがあれば、すぐにこの地を離れるつもりだ。あの場から救い出してくれた彼に礼をするには、きっとそのくらいでは足りないのだろうけれど。

メルティアを前に乗せているルディウスに、人々はまったく気づいていないようだった。ちらり、と彼の顔を見上げてみる。

いつもとどこが違うのか、メルティアにはよくわからない。だが、彼は完全に街中に溶け込んでいた。いつもの、眩《まばゆ》いほどの存在感を見事なまでに消し去っている。

「まずは、学校、次が病院――その次が、子供達を育てている施設だ」

そう説明したルディウスが、最初にメルティアを連れて行った学校は、多数の子供達が学んでいた。

「学費を払えない者はどうするのですか？」

「基本の読み書きと計算だけは、無償で教えている。読み書きができれば、ひどい内容の契約書にサインする者を減らすことができるだろう。計算ができれば、釣《つ》り銭《せん》をごまかされることもないだろうからな」

「見てきたように、語るのですね」

この学校は、ルディウスの命令で作られたものだそうだ。

読み書きと計算さえできれば、さほど困ることはない。だから、基礎の基礎だけは無償で教えているという。

そこから先、もっと難しいことを勉強しようという者からは、学費を払ってもらっているのだとか。非常に優秀な生徒には、ルディウスが学費を負担するような仕組みも整えたらしい。

「ルディウス様が、学費を？」

「ああ。身近に、非常に優秀な平民がいるからな。やる気のあるやつは、将来登用できるように先行投資している」

そういえば、ルディウスの側近であるエルートは、もともと読み書きと計算程度しかできない平民だったそうだ。

ルディウスと背格好が似ていて、影武者になったからという理由で、すさまじい努力を重ねて今の地位に就いたのだとか。

「エルートの紹介してきた男も、なかなか優秀だったからな。人手は、いくらあっても足りないんだ」

「……そうですよね」

ルディウスが即位した頃、彼の父の代に甘い汁を吸うだけ吸って、ろくに働かなかった者は、どんどん退陣させたらしい。

おかげで、今、残っているのは勤勉に働く者ばかりだけれど、人数が減ってしまったのが問題だという話は聞いていた。

「あと数年たてば、最初の生徒が役人になるだろうからな。それまでの辛抱だ」

「ルディウス様なら、しっかりと国を守っていかれるのでしょうね」

メルティアと、ウィレムの祖国であるエトニア王国を取り戻してくれたように。

学校の方では、特に大きな問題は発生していないようだ。それを確認してから、次は病院に回る。

病院は明るく清潔で、多数の患者が入院していた。だが、彼ら全員がきちんとした治療を受けている。

「この病院の費用は……？」

「払えるものからはとっているが、払えない者は後日でもいいということにしている。その金銭すら払えない者は、別の病院で診察を受けるように決められている」

「……そんなことまで」

こんな光景を見せられるとは思ってもいなかった。ルディウスの功績は、いったいどこまで大きくなるのだろう。

――こんな景色まで見せてくださるなんて。

こうやって案内されているのだから、ルディウスにふさわしい皇妃にならなければ。

最後は、身寄りのない子供達を引き取って育てている施設だった。

「皇宮にいるエトニアの子供達も、こちらに住むことになるのですか？」

「彼らがそうしたいのならしてもいいんだが、一度に人数が増えると問題になる。皇宮で働いている者の中に、養子に取りたいと申し出てきた者もいるから、そこは改めて相談――だな」

今、皇宮に残っているのは、旧エトニア王国出身の身元が分からない子供達だけ。親元に戻れないのであれば、新たな家庭に移るのもいいかもしれない。

ルディウスの部下ならば、子供を連れて行方不明になるということもないだろう。もし、親が判明したとすれば、その時また改めて相談すればいい話だ。

再び馬に乗り、子供達を育てている施設の前で降りる。ルディウスが馬を預けに行っている間、メルティアは建物をじっと見ていた。

正面には大きな扉。左右には大きめに取られた窓。

古い建物を改築したもののようだが、陰鬱《いんうつ》な雰囲気《ふんいき》はまるで感じられない。開いている窓からは、子供達の楽しそうな声も聞こえてくる。

――ここで育つ子供は、幸せになれるでしょうね。

不意にそう思った。

おかしなものだ。この建物は、目の前に立っただけでなんとも言えない温かみが伝わってくる。それは、窓辺に子供達が作ったらしい紙細工が並んでいるからだろうか。

「院長は、別の客人を案内しているところだそうだ。俺達は、俺達で見て回ることにしよう」

やがて戻って来たルディウスは一人だった。

「勝手に回って大丈夫なのですか？」

「ここは、俺の従姉妹が金銭援助を行っている場所なんだ。今まで何度もここには訪れているし、院長は俺のことは知っている」

それならば、二人で見て回っても問題ないかもしれない。ルディウスに導かれるままに建物の中に入った。

外から見た時よりも、中に入ってからの方が、この建物の温かみを感じるような気がする。

大きな部屋は、教室や食堂として使われているらしい。

教室をちらりとのぞいてみれば、懸命に読み書きを学んでいるところだった。

親のない子は勉強が遅れていることも多いから、先に見学してきた学校の前に、ここで基礎を学ぶらしい。

それから厨房では、ちょうど食事の支度をしているところだった。

おいしそうなスープは具沢山。鶏肉がスープの中に入っているのに驚いた。

庶民の生活では、香りづけのためのベーコンの欠片《かけら》が入っているだけ、ということもしょっちゅうだからだ。かつては、メルティアもそんな生活をしていた。

「食事が素晴《すば》らしいですね。子供達が大きく育ちそう」

「国の宝だからな。子供達が成長し大人になれば、それだけ国を富ませることができる」

そう口にするルディウスは、メルティアには想像することもできないような、明るい未来を捉えているのかもしれない。そんな目をしていた。

厨房の確認を終えて廊下を歩いていたら、向こう側から三人が歩いてくるのが見えた。メルティアは見たことのない男性、フェルステーフ公爵、それにマリエッテだ。

初めて見る男性は、おそらくここで働いている人間なのだろう。ルディウスを見るなり、深々と頭を下げた。

公爵とマリエッテも同じようにする。ルディウスが「顔を上げるように」と命じて、彼らはゆるゆると顔を上げた。

男性は院長なのだと、ルディウスがメルティアに説明してくれる。

「陛下が、今日いらっしゃるとは……」

「悪いな、思い立ってすぐに来てしまった。こちらは、メルティア。俺の妃だ」

準備ができていないのを謝罪しようとする院長に向かって、ルディウスは手を振った。本当に思い立って、その足で来てしまったらしい。

——ルディウス様らしい行動力ね。

と素直に感心した。

代役をさせられているエルートにとっては、たまったものではないかもしれないが。

それにしても、マリエッテがこのような施設を見学に来ているとは思ってもいなかった。

「公爵、どうした？　マリエッテ嬢も」

「娘がこちらの施設に援助をしているのですよ。それで今日、私もどのようなものか調査に」

公爵は胸に手を当てる。

「近頃、寄付が増えたという話は聞いていたが、フェルステーフ公爵家からだったのか。ありがたい」

ルディウスの言葉に、マリエッテは頬を染める。彼女にとって、ルディウスの褒《ほ》め言葉は最大の栄誉なのだろう。

男性陣が話を始めたので、メルティアはマリエッテを誘って少し離れた場所へと移動する。

視察を終えたマリエッテは、結果に満足しているようだった。

「メルティア様は、どのように思われました？」

「素晴らしいと思いました。幼い頃に国を離れてしまったので……祖国ではどのように運営していたのかわかりませんが、エトニアにも同じような施設を作れたらいいと思います」

それは、メルティアの本音だった。

この国のように、無償の学校というものは存在していなかったと思う。病院にしても、治療を受けるには多額の金銭が必要になることが多い。

それに、この施設だ。エトニアから連れてこられた子供達の中には、両親が見つからずこの国にとどまっている子もいる。

おそらく、ネディス王国の兵から逃れるために家を捨てたり、戦いに巻き込まれて最悪の事態になってしまったりしたのだろう。

もし、エトニアにも同じような施設を作れたら。救える子供の数は、もっと多くなる。メルティアも、いつかこんな施設を作ることができるだろうか。

メルティアとマリエッテが話し込んでいる間に、ルディウスとフェルステーフ公爵、それに院長の三人も、短い時間で最大の効果を上げようと熱心に会話を交わしている。

その時間は、ほんの少しでしかなかったけれど、院長は信頼していい人のように思える。

そんな風に考えていたら、ルディウスがフェルステーフ公爵に向かってうなずいた。話が終わったらしい。公爵は、マリエッテの方に歩いてきた。

ルディウスは、まだ院長と話を続けていた。

フェルステーフ公爵の目が、メルティアを捉える。彼の目は、上から下まで素早くメルティアを見回した。

——この方、何を考えているのかしら。

彼のような老練な貴族相手に、メルティアが太刀打《たちう》ちできるはずもない。彼の迫力に押されるようにして、思わず一歩、あとずさってしまう。

「おやおや、どうかなさいましたか？」

「いえ、なんでも」

公爵の口角は上がっていて、笑みを形作っているのだろう。だが、こちらを見る目は心底冷たい光を帯びていて、目は笑っていない。

彼に近づいてはいけない。そんな予感に後退しようとするけれど、逃げ場などあるはずもなかった。

「……身の程をわきまえてはいかがかな？」

「え？」

一瞬、何を言われたのか理解できなかった。公爵の声はあまりにも低く、メルティアの耳にも届くか届かないかという大きさだったからだ。

「栄えある帝国の皇妃に、エトニアの王女がなるなど――陛下のためにもならない」

「……政略的な、ものですから」

「エトニアの地を手に入れた今、そんな言い訳が通じるとでも？」

図星をつかれて、メルティアは黙り込んでしまった。

考えたことがなかったわけではないのだ。エトニアの地を手に入れ、金鉱を支配下に収めたら。

メルティアを皇妃にしておく理由はなくなる――と。だが、ルディウスは乳母夫婦を探し出し、ウィレムが生きているという情報まで見つけてくれた。

政略上の理由だけではなく、そこには情もあると思うのは間違っているだろうか。その情に、愛という文字はつかないだろうけれど。

「……ルディウス様が、お決めになることですから」

この会話を、ルディウスには聞かせたくない。

公爵と同じくらい、低い声で返す。公爵は今の今まで貼り付けていた笑みをすっと引っ込めた。

「……まあ、いい。そのうち、わかるだろう」

そう不穏な言葉を吐《は》き、公爵は無言で立っているマリエッテの方に向き直った。

「陛下にご挨拶《あいさつ》をしたら、戻ろうか。お前の援助が、役立っているということを見られてよかったよ」

公爵の言葉に、マリエッテは嬉しそうに微笑む。そんな二人の様子を見ながらも、メルティアは胸がざわざわするのを抑えることができなかった。

そのうち、なんてものではない。今だって十分痛感している。

それを、公爵達には見せたくなかった。


――わきまえるということを、忘れてはいないつもりなのだけど。

自分は、図々しいように見えてしまっているのだろうか。

いつものように寝室に入っても、あの言葉が耳から離れない。今日は、まだルディウスはこちらに来ていないようだった。

膝を抱え、窓辺に腰を下ろす。窓ガラスにこめかみを預けると、ひんやりとした感触が、ぐるぐると回る思考を抑えてくれるようだった。

――虫の音が聞こえる。

ここに来てから、忙しさに紛れてすっかり忘れていたけれど、もうこんなにも秋が深くなっている。窓から見下ろす庭園の景色も、葉を落とし始めた樹木が増えていた。

「どうした?」

いつもより、少し遅れて寝室に入ってきたルディウスは、窓際に座っていたメルティアを見て怪訝《けげん》な表情になった。

慌ててメルティアは立ち上がり、笑みを作る。

「いえ、なんでもありません……」

先ほどの公爵との会話を、ルディウスには伝えたくないと思ってしまった。

近づいて来たルディウスは、メルティアの顔を上向けさせたかと思えば唇を重ねてくる。

ただ、キスされたのかと思っていたら違った。

メルティアの口内に入り込んだルディウスの舌は、ねっとりと口内をかき回す。舌を搦《から》めさせる行為にはだいぶ慣れたけれど、身体がぞくぞくするのは止められない。

「……ぁんっ!」

無造作に胸のボタンを外され、中に武骨な手が忍び込んでくる。手のひらが乳首を擦り、肩をすくめた。

指の腹で乳首をかすめられ、ぴくんと肩を跳ね上げた。

「な、何をなさるんですか……?」

「今日はここで、このまま抱きたい」

とんでもないことを口にされ、一気に頬に血が上った。その間もルディウスの手は、メルティアの乳房を弄《もてあそ》んでいる。

真正面から顔を合わせるのが恥ずかしくて、窓枠に手をついて体重を支える。

白く柔らかな膨らみは、ルディウスと夜を重ねるようになって大きくなっただろうか。ルディウスの手に、以前はすっぽりと包み込まれていたが、今はいくぶん窮屈《きゅうくつ》そうだ。

「少し大きくなったか?」

「なっ……そ、そんなこと……言わないでくださいっ……！」

自分でも、なんとなく思っていたことをずばりと口にされて、胸からルディウスの手を引きはがそうとする。

だが、背後から抱え込まれているのでは、逃げられるはずもない。乳房を上下左右に揺さぶられ、寝間着や彼の指に先端が触れる度、じんとした痺《しび》れが広がっていく。

それが、むず痒《がゆ》いような愉悦に変化するまで、さほど長い時間はかからなかった。

「やっ……ぅ……ん、んんぅっ」

崩れてしまわないようにと、肩に力をこめる。

「柔らかくて、感じやすくて……」

「い、言わないでって……あっ、あっ！」

さらにボタンが外され、腰まで寝間着が落とされる。

乳房を揉みしだかれながら、首筋から背中にかけてキスの雨を降らされたら、自分でも恥ずかしくなるような、甘ったれた声が漏《も》れた。

「こ、こんなところで……！」

「こんなところって、夫婦の寝室なんだからいいだろう。メルティアだって、まんざらでもない顔をしているぞ。ほら、窓に映っている顔を見てみろ」

促されて顔を上げれば、窓に映っていた自分の顔と視線が合った。

——私。

なんて顔をしているのだろう。ガラス窓が室内の明かりを反射し、そこに完全に蕩《とろ》けた顔が映っている。

いや、顔だけではなかった。乱された寝間着からこぼれ出る白い乳房。大きな男の手に包まれ、自在に形を変えている様も映っている。

「やっ……あんっ！」

顔を背け、自分の顔を見ないですむようにしたけれど、そんなのなんの抵抗にもならない。

耳元で艶《つや》めいた声が、メルティアの名を呼ぶ。

「綺麗《きれい》だ、メルティア……」

びくびくっと身体を震わせたら、下半身に伸びてきた手に下着を奪われた。

いつもと違う抱かれ方をしているからだろうか。その場所はもう完全に潤《うるお》っていた。

「や、あ……だめ、だめです……！」

内股になり、腿の内側をもぞもぞと擦り合わせる。

ルディウスは片方の手で胸の先端を転がしながら、もう片方の手を擦り合わされる腿の内側に忍び込ませてくる。

「あぁぁ……いや、いやぁ……」

言葉では拒《こば》んでいるくせに、身体の方は素直な反応を返してしまう。擦り合わせていたはずの腿も、あっという間に力が抜けた。

「んっ……あっ」

蜜を滴《したた》らせるほど濡《ぬ》れた花弁の間に、あてがわれた手が円を描くように丸く動く。内部を埋められるのとは違う。淫芽を撫《な》でられるのとも違う。

じんわりと染み入るような愉悦に、甘い吐息が唇からこぼれる。腰をもぞもぞとさせて、さらに深い快感を求めようとしていた。

「んーっ、んんんっ、あ、あぁぁっ！　あ、だめっ……それは、だめっ……！」

二本の指で開かれれば、溢れっぱなしの愛蜜が床に滴り落ちた。

「だめではないくせに」

耳元でささやかれる熱を帯びた声。その声が下腹部を直撃して、また新しい蜜が溢れ出す。指が奥へと入り込もうとすると、蜜洞は指の侵入を阻もうとしているかのように、強く締め上げた。その抵抗を楽しむように、ゆっくりと奥まで二本の指が押し入ってくる。

「んっ……あ、あぁ……」

中でわずかに指を揺らされると、もどかしさに腰がくねる。自ら快感を貪《むさぼ》ろうと、自然に腰を後ろに突き出してしまう。

「はっ……ぁっ……あっ、あぁんっ！」

「感じているじゃないか」

「ひ、ぅ……だって、あ……いや、抜かない……で……」

柔らかな振動にうっとりと浸りかけていたのに、無情にも指は抜かれていく。

不満の声を漏《も》らしたら、左膝を抱えるようにして持ち上げられ、そのまま窓枠に押し付けられた。

腿裏が、ルディウスの左腕に引っかけられる。

「少し、待て」

耳を打つのは、笑い交じりのルディウスの声。思わず首をひねって顔を見上げようとするが、持ち上げられた左膝はそのままに、再び秘所に指が突き立てられる。

「あっ、あああああっ！」

「本当に少しだけだっただろう？　メルティアが感じるのはここ――だったな」

指だけではなく、ルディウスの声にも犯《おか》されているよう。

一度に差し込まれた指は二本。そのまま淫《みだ》らな振動を送り込まれたら、内腿がぴんと張りつめる。激しく蠢《うごめ》く蜜洞は指を食い締めるようで、響く水音にますます官能を煽《あお》られる。

「は――ぅ……ぁ、あぁ……」

左膝を持ち上げられているから、秘所に与えられる刺激から逃げ出すこともできない。ルディウスの指は中で奔放《ほんぽう》に動き、感じる場所を全て刺激しようとしているかのように、激しく前後に往復してくる。

「あぁっ……あ、あっ」

指の動きに合わせて声が上がる。我慢《がまん》できないほどの疼《うず》く熱が腰を支配し始めていて、頭の中が真っ白になる。

「だめ、だめです……あ、あぁ……イく……！」

立ったまま、達してしまった。唇を開いて、体内に酸素を取り込もうとする。

「今日は、イくのも早いな」

いちいち、そんなことを言わないでほしい。

指が抜かれて、物足りない声を上げてしまったけれど、すぐに新しい快感が与えられることは、ちゃんとわかっていた。

「ルディウス様は、意地が悪いです……」

「たまにはな、そういう日もある」

「ん、もう……」

こんな風に求められるのも、彼の愛を感じるようで嬉しい。

くすくすと笑いながら、何度もキスを繰り返す。

今日のルディウスは性急で、あてがうなり、剛直を一気に突き立ててきた。

「……あっ、そんなっ！」

メルティアが狼狽《ろうばい》したのは、一瞬のこと。すぐにすさまじい快感が襲い、思考は一色に塗り替えられてしまう。

ルディウスは、突き入れる時も戻る時も獰猛《どうもう》だった。

激しく抉《えぐ》り、メルティアに歓喜の悲鳴を上げさせたかと思えば、突き入れてきた勢いそのままに引き抜く。

蜜を滴らせる秘部に埋め込まれた剛直。いたずらしているかのように、熱く繋がっている

部分をなぞられる。

「……あっ、あぁ！」

結合部のすぐ上に息づく硬度を増した淫核を、蜜をまぶすように撫でられれば、こらえようもないほどの愉悦がせり上がる。

「わ、私……あぁっ、そう、されたら……だめ、になっちゃう……」

がくがくと力の入らなくなった足で、懸命に身体を支えようとしながら訴える。

体内をみっちりと雄杭で満たされながら、一番感じる芽を刺激されたら、あっという間に膝から崩れそうになる。

「イけばいい。好きなだけ、何度でも。お前が快感で、何も考えられなくなるところが見たい」

耳朶に熱い舌を這わせながら、なんてことを言うのだろう。それは悪魔のささやきで、メルティアはその誘惑に簡単に負けてしまう。

「んっ、んっ、あぁっ、イく、イク――！」

頤《おとがい》をそらせながら叫《さけ》べば、背後から回ってきた手が頬に添えられた。強引に顔を後ろに捻《ね》じ曲げられ、奪うようなキスに襲われる。

「ん……ふ、ぁ……んぅ……」

素早《すばや》く口内に入り込んできたルディウスの舌は、ねちっこく口内をかき回す。焼けついた剛直で奥を突き上げられる動きにつられるように、メルティアは自ら腰をうねらせた。

ずん、と深く突き入れられて背中がしなる。

絶頂直後、鋭敏になりすぎた蜜壁を縦横無尽にかき回され、再び指の先まで痺《しび》れるような快感が襲いかかってくる。

「ひぃぅぅっ！」

ここでの出来事を知るのは二人だけ。それはわかっているが、乱れる自分の姿を見せつけられるというのは、どうしようもなく官能を煽《あお》る。

「あっ、あ、あぁっ……ま、また……」

こんな風に乱れるなんてどうかしている。なのに、またもや身体は勝手に上り詰め、精を絞り出そうと蜜壁も収斂《しゅうれん》する。

「やっ、いやっ、わ、私、一人っ……！」

突き入れられる度に、言葉を途切れさせながらも訴えた。自分だけ、先に達してしまうのは嫌だ。

今度は、ルディウスにも快感を極めてほしい。

思いを全て口にしたわけではなかったけれど、切れ切れの言葉でもルディウスは理解してくれたようだった。

「まずはここで一度――な」

あえて数字を口にするあたり、なんだか不穏な気配を覚えるが、今のメルティアはそんなことを気にする余裕は完全に失われていた。

「あっ、はぁっ……んんんっ」

顎を突き上げ、声を発したかと思えば、今度はうつむいて懸命にこらえようとする。

震える脚。最奥に叩きつけられる愉悦。

窓枠に摑まっているのもやっとの手。

それなのに、自ら腰を振り、激しさを増す摩擦を貪る蕩《とろ》けた表情。身体の奥に淀んだ熱が、一か所にまとまり、膨れ上がって弾ける。

「や、あぁっ……あああぁーっ！」

思いきり背中を弓なりにして達した。

開いた唇からは、歓喜の声が迸《ほとばし》る。

すかさず最奥まで突き入れたルディウスも、官能の昂《たか》ぶり大きく弾《はじ》けさせた。注ぎ込まれる熱に、メルティアはため息をこぼす。

「……今夜は、当分眠れそうもないな」

笑ったルディウスは、ぐったりと窓にもたれかかっているメルティアを、軽々と抱き上げる。ベッドに移動させられたあとは、宣言通り朝まで貪られたのだった。

第六章　全ての元凶はここにある

不穏《ふおん》な空気を感じ始めたのは、婚儀を終えてから三か月が過ぎた頃だった。

季節は夏を過ぎ、秋に向かい始めている。ショールを必要とする肌寒い日も多くなってきた。

——再び戦争……では、ないわよね。少なくとも、エトニア方面は落ち着いているもの。

近頃、宮中には慌ただしい空気が漂っている。また、どこかで戦争が始まろうとしているのだろうか。

エトニアを取り戻すために兵を出していたのに、メルティアには気づかせなかったのがルディウスだ。あの時はまったく気づかなかったのに、今回は宮中の変化に気づいている。この国に慣れてきたのだと思うと嬉《うれ》しい。

「何があったのか、あなた知っている？」

手近にいる侍女に問いかけてみるけれど、首を横に振られる。

さて、これはどう行動するのが正解なのだろうか。

ルディウスがメルティアに何も言わないということは、下手《へた》に出しゃばるなということなのだろうし。

――もっと、ちゃんと勉強をしていたら、きっとルディウス様の役に立てたでしょうに。

何もできない自分が歯がゆくなる。だが、すぐに意識を切り替えた。

――できないことを、ぐずぐず言ってもしかたないわ。今、できることを頑張るしかないわね。

皇宮で暮らしていた子供達は、今はルディウスの支援している養護施設で生活している。その施設に、これからどんな援助が必要か考えないといけない。

ルディウスはやらなくてもいいと言ってくれるが、皇妃としての社交も増やしていこうと思っている。

そんなことを考えていたら、その日、午後のお茶の時間に伝えられたのは、とんでもない出来事だった。

少し時間が取れたからと、メルティアに会いに来たルディウスは、険しい空気をまとっていた。

「子供達に用心するよう言ったが、メルティアも気が付いたことがあったら教えてくれ」

「……やはり、何かあったんですね」

今日の冷え込みは厳しく、暖炉《だんろ》には火を入れている。

その火がパチパチと音を立てていたけれど、普段なら心休まるその音にも、安らぎを見いだすことはできなかった。

「気づいていたか？」

「宮中が、なんだかざわざわしているような気がして。ルディウス様にお尋ねしていいものかどうか迷っておりました」

「一度、きちんと話をしておいた方がいいな……再び、子供が行方不明になる事件が起こった」

「……人身売買組織は、壊滅させたのでは？」

「ああ。たしかに壊滅させた。頭となる人間も捕らえ、処分したから間違いない」

「今は強制労働についているのですよね？　そこから逃げ出した……とか？」

重罪人は、強制労働だ。人手がいくらあっても足りない鉱山や、大規模工事。そういったところに送られたと聞いていた。

まれに、囚役場所から逃げ出す者もいると聞いている。だが、それにもルディウスは首を横に振った。

「それもないな。人をやって確かめさせたが、労役についているのは間違いない」

メルティアを助け出したのち、旧エトニア王国の地に兵を向けたのは、その地に人身売買組織の頭がいたから、という理由もあるそうだ。

――だったら、わざわざ私と結婚しなくてもよかったのでは……。

なんて考えがちらりと頭をよぎったが、これは考えない方がいいのだろう。

ルディウスはメルティアを大切にしてくれているし、これ以上の待遇を求めるつもりもない。

ルディウスがわずかに身体を動かすと、並んで座っているソファが小さな音を立てる。

「――だが、このところ、行方不明になる人間が増えているのは事実だ」

メルティアの肩を抱きながら、ルディウスは小さく息をついた。

「新しい組織が、同じような犯罪を始めた可能性もある。買い手の方も、厳しく処罰したはずなんだが」

メルティアとの結婚の前、帝国内の貴族の勢力図は大きく塗り替えられたのだそうだ。

それは、人身売買組織に関わり、買い手としてオークションに参加していた者達を、厳罰に処したからだった。

被害者達は救い出され、それぞれの家に帰った。帰れない者もまた、帝国内で働き口を世話されている。

——あんな思いをする人が、また出るなんて。

自由を奪われ、心が疲弊《ひへい》するような恐ろしい目に遭わされ。時には、暴力を振るわれることもあっただろう。

メルティアが殴《なぐ》られなかったのは、抵抗しなかったことと、メルティアの身分を知った組織の人間が〝目玉商品〟として扱うこととした、それだけに過ぎない。

何をされているのか考えたくもない悲鳴が、隣の部屋から聞こえたこともある。

あと一週間、幽閉生活が続いていたら、メルティアもまた、心身を摩耗《まもう》させていたかもしれない。

「早く、解決すればいいのですが」

「俺の手を逃れたやつがいるのだろう——今度こそ、組織をつぶさなくては」

メルティアの肩にかけられた手に、力がこもる。その力を頼もしいと思う反面、わずかな恐怖も覚えた。

「無理は……しないでくださいね……？」

もし、ルディウスが怪我《けが》をするようなことがあれば耐えられない。犯罪は撲滅《ぼくめつ》しなければならないけれど、ルディウスが怪我をするのは嫌だった。

──私、とてもわがままになっているのだわ。

ルディウスはつらい目に遭わないでほしいなんて、わがままだ。今捕らえられている人達が、どれだけ恐ろしい思いをしているのか、身をもって実感しているはずなのに。

「大丈夫だ。無理はしない」

「もし、私にできることがあれば、なんでも言ってください」

メルティアの方から、ルディウスの肩に頭を乗せる。たくましい肩に頭を乗せていると、少しだけ不安が薄れていくような気がする。

「助け出した被害者は、皇宮に連れてこようと思う。彼らの面倒を見てもらえるか」

「もちろんです……どこまで、皆の心に添えるかはわかりませんけれど」

同じ経験をしたメルティアなら、被害者達の心に寄り添うことができるかもしれない。心身を疲弊させているだろうから、医師も探しておこう。

それから、部屋はできるだけ居心地《いごこち》がいいように整えて──と、ルディウスにもたれかかったまま、頭を目まぐるしく回転させ始める。

「そういうわけで、しばらく忙しくなる。この件、どうにも裏があるんじゃないかという気がするんだ」

「裏、ですか？」

「ああ。あれだけ念入りに壊滅させたんだ。俺達の追跡を逃れた者が組織を復活させたにしても、似たような悪事を始めた者が出てきたにしても——いくらなんでも、早すぎる」

まだ、あれから半年とたっていない。ルディウスによって、組織は壊滅状態に追いやられたはずだ。

それなのに、一年とたたず勢力を取り戻しているのは、おかしいのだとルディウスは言う。考えたくはないが、よほど有能な人物を取り逃してしまったのか。彼らには後援者のようなものがいるのか。

「まだ、俺の手が届かない場所が、この国にはたくさんあるということだ」

「……なんてこと」

ルディウスが即位して以来、この国は繁栄を続けていた。だが、年若い皇帝を侮《あなど》る者も多かったのだろう。今でも、その名残《なごり》は残っているらしい。

事件解決のために、メルティアにできることは何もない。それが無性に悔しかった。

「子供達の様子を見に行ってもかまいませんか？」

それならば、せめて——自分にできることをやろう。

メルティアの申し出を、ルディウスは笑顔と共に受け入れてくれた。

旧エトニア王国から連れてこられた子供達は、皇宮を離れ街中にある施設で暮らしている。基本的な教育も受けられるし、施設を出てもやっていける年になれば、仕事を探すこともできる。

ルディウスと初めて視察に訪れた時、子供達は元気だったし、食事も十分で、建物も清潔に管理されていた。だから、彼らが虐《しいた》げられているのではないかという心配はしていない。

――子供達が、話を聞いて不安になっていないかしら。

メルティアが気にしているのは、そちらであった。

おいしい焼き菓子もたくさん用意してもらったし、施設の子供達全員で食べてもらえればいい。

「お土産はこれでいいわね。今日の予定は、お渡しした？」

「はい、皇妃様」

勝手に皇宮を離れるような真似《まね》はしない。ルディウスの許可をきちんと取り、どういう日程で行動するのかも併《あわ》せて提出する。

これは、万が一の事態が起こった時、すぐ対処できるようにするための措置なのだとか。

父と国で暮らしていた頃は、ここまで厳密にはしていなかった気がする。

ルディウスとのお忍びの時とは違って、今回は皇妃にふさわしくきちんと護衛を連れ、隊列を組んで出発した。

訪れた施設は、以前のようにきちんと運営されていた。子供達はメルティアの姿を認めると、駆け寄ってくる。

「……エトニアの子供達は、ディミリアの子供達に馴染《なじ》んでいますか？」

それが、一番心配なところだった。皇宮での生活の間に、かなりディミリア帝国の生活習慣には馴染んだけれど、国民の気質もだいぶ違うため、心配していたのだ。

「その点は問題ありません……ただ」

前回はルディウスと談笑していた院長が、眉をひそめる。

「近隣で、子供が行方不明になる事件が起きまして。万が一のことを考え、外遊びの時間を減らし、外に出る時には職員が厳重に見張るようにはしているのですが、やはり窮屈《きゅうくつ》なようで」

「……それは、窮屈でしょうね。子供は外で遊ぶのが一番だもの」

近隣の噂《うわさ》を聞きつけ、すぐに対応を取るあたり、院長は信頼できる人物だ。だが、子供達が不満に思うのもまた当然だ。

院長達は、子供達の安全を守ろうとしている。しかし子供の人数が多ければ、どうしたって目が離れる瞬間だってある。

――あの恐怖を、もう一度味わわせるわけにはいかない。

旧エトニアから連れてこられた子供達は、最初のうちは非常に怯《おび》えていた。ルディウスは、立ち直りが早いとは言ってくれたけれど、それでも悪夢にうなされて、泣きわめきながら起きてくることだってあった。

「大丈夫、ルディウス様が助けてくださいます。私も、そうだったから」

メルティア自身、ルディウスに救い出されたのだから、この言葉には説得力があるはずだ。

行方不明になっているのがどんな子供なのか。どんな状況だったのか。院長の知る限りの話をしてもらう。

――すでに警備隊の方に話は伝わっているのだろうし、今、私が手を出したところで、それほど力にはなれないかもしれないけれど。

聞けば聞くほど、メルティアの胸にはずしりと重いものがのしかかってきた。

攫《さら》われたのは、エトニアから来た子供ではなく、近隣に住んでいる生まれも育ちも帝国の娘二人だそうだ。子供とはいえ、かなり成人に近い年頃らしい。

そして、行方不明になっている二人とも、たいそう美しい容姿の持ち主だという話だった。

メルティアの脳裏に、攫われた子供達の姿が浮かぶ。メルティアはともかくとして、一緒に捕らえられていたのは、大人になったらすごい美貌《びぼう》の持ち主になるだろうと思われる者ばかりだった。

「……わかりました。ルディウス様に、改めて私からも話をしてみます」

外部の者が入ってこられないよう、施設の出入り口を厳重にしようか。塀《へい》ももう少し高くして、乗り越えられないよう有刺鉄線をつけるのもいいかもしれない。

あれこれ対策を考えながら、病院の視察も続けて行う。

医薬品は十分あるし、患者達も適切な看護を受けている。寝具も清潔にしてあった。

――こちらは、大きな問題はなさそうね。

病院の視察も、問題なしに終了したけれど、メルティアの心は晴れなかった。

メルティアが暗い顔をしていたからか、病院長がこわごわと尋ねてきた。

「何か、問題がありましたでしょうか？」

「いいえ、こちらの施設は問題ありません！」

慌てて手を振る。完璧です――と付け加えれば、病院長は安心したように表情をやわらげた。

自分の表情一つで、周囲にこれだけ心配をさせてしまうのだ。皇妃という立場の難しさを、改めて突き付けられたような気がする。

「近頃、物騒でございますからね……陛下の治世が乱れるようなことにならなければいいのですが」

「そんな心配があるの？」

「いいえ、とんでもございません！　ただ、このところ犯罪が増えているようですから……都は治安がよかったはずなのですが」

病院長のところまで、市井の噂は広がっているらしい。

――誘拐だけだと思っていたら、まだ他に何かあるというの。

あまり長い間続くようだと、人々の心が不安になるかもしれないという心配が芽生えてきた。

「――今日は、帰りますね。有意義な時間を過ごすことができました」

院長にそう礼を言い、馬車に戻ろうとした時。

メルティアの視界の隅で、何かが動いたような気がした。

一瞬気のせいかと思ったけれど、護衛二人がすぐに動いたことで、気のせいではないということがわかった。

「失礼します！」

一人の護衛がメルティアを抱えるようにし、馬車の中に押し込む。もう一人は勢いよく身を翻《ひるがえ》し、何かが蠢《うごめ》いた場所に突っ込んでいく。残った者達は、剣を抜いて身構えた。

「何者！」

という鋭い誰何《すいか》の声に、返答はない。

「馬車を出します！」

御者台に飛び乗った護衛が、安全圏にメルティアを避難《ひなん》させようとした時。

最初に飛びかかった護衛が、再び声を上げる。

「若い娘だ！　怪我《けが》をしているぞ！」

その声に、周囲の空気は一気に変わった。剣を抜いた護衛のうち二人が隊列を抜け、娘の方に近寄っていく。

メルティアは、馬車の窓に張りつくようにして、じっと様子をうかがった。

護衛に抱きかかえられ、ぐったりとしている娘は、簡素な衣服を身に着けていた。きちんと整えれば見事な艶《つや》を持つであろう金髪は、手入れもされずぼさぼさだ。どこからか裸足で逃げてきたのだろうか。足は血まみれになっていた。

――あの服は。

見覚えがある。似たような服を、メルティアも着せられたことがあった。

「馬車を出すのは待って！　病院に運び込んで……私も戻ります。それから、誰か皇宮に使者を出して。なるべく陛下に近い人に――いえ、陛下かエルートに直接お話をして。〝手がかり〟が見つかったと」

「かしこまりました。皇妃様は、しばらくここでお待ちください」

あくまでも、メルティアは安全圏にとどめながらも、護衛のうち二人が怪我人を病院内に運び込もうとする。

彼女が顔を上げた瞬間、今まで髪に隠れていた顔があらわになった。

「待って、彼女の顔を見せて！」

護衛に飛びかかられた衝撃は大きかったらしいが、彼女は動けないほどの大怪我というわけではなかった。メルティアの方に、ゆっくりと視線を向ける。

「あなた……レティス、そうレティスよね？　働きに行くって、挨拶《あいさつ》に来てくれたのに」

「メル……？」

一緒に捕らえられていた人達には、メルティアは自分のことをメルと呼ばせていた。

捕らわれの身になっている以上、王女という身分はなんの役にも立たないと思ったからだ。

「ああ、よかった――助けて！」

護衛の人間を振り切り、レティスはメルティアに駆け寄ってきた。

彼女の手首は、縄《なわ》に擦られたかのように赤くなっていた。殴《なぐ》られたのか、顔や身体のあちこちに、青い痣《あざ》ができている。

「子供達が、捕まっているの……！」

「……やっぱり」

レティスの衣服に気が付いた瞬間、思ったのだ。似たような衣服を身に着けたことがある――と。

「逃げて来た場所の、地図を描ける？」

レティスがうなずく。

「でしたら、中にお入りください」

病院長も、今の状況を素早く理解したようだ。すぐ近くの部屋の扉を開く。

そこは、病院長が事務仕事に使う部屋のようだった。奥のデスクの上には、ペンとインクが用意されている。

「もう一人、皇宮に向かってください。人手が必要になるかもしれません。後から地図を届けさせますから、先に準備をして、こちらに向かってください、と。途中で合流した方が早いでしょう」

「かしこまりました！」

メルティアの言葉に従い、一人がぱっと身を翻す。

「ここから、そんなに遠くないと思う……この病院の裏をまっすぐ行って、右手に折れて。

大きな建物。たぶん、貴族の屋敷。その屋敷の裏手にある森の中」

「……この場所は」

レティスの書いた地図に、護衛が怪訝《けげん》そうな表情になった。何か問題でもあるのだろうか。

メルティアの視線に気づいたのか、護衛は静かに首を横に動かす。今、この場では、口にすべきことではないと思ったらしい。

素早く地図の写しを作り、その写しを持ってもう一人が駆け出していく。

「私は、ここで待っています。誰か、地図の場所を先行して確認に行ってください。ここに残す護衛は、必要最低限でかまいません。あなたが、必要と思う措置を取ってください」

「――かしこまりました！」

護衛の隊長に命じれば、メルティアの側《そば》に二人だけ護衛を残し、あとの者は命令を受けて散っていく
慌ただしくメルティアが指示を飛ばしている間、口を閉じていたレティスの身体が、ぐらりと揺れた。

「……レティス、ありがとう」

抱き留めたメルティアはささやく。ここでレティスに会えたのは、運がよかった。

――ルディウス様の探している組織に捕まっていたのかどうかは、わからないけれど。

とにかく、今はレティスを休ませなければならない。

「レティスの治療をお願いします。それから、新たな患者が運び込まれてくるかもしれません。そちらの準備もお願いしても？」

「もちろんでございます、皇妃様」

メルティアの言葉に、院長は深々と頭を下げた。

レティスの治療が進められている間も、忙しかった。もし、捕らえられている人達を救出したのなら、ここに運び込むことになる。

湯を沸かし、清潔な布を用意し、空いている寝室に寝具を用意する。

メルティアも力を貸して動き回っている間に、事態は一気に動いたようだった。

「メルティア、ここにいたのか！」

メルティアが視線を上げると、ルディウスが大股にこちらに近づいてくるところだった。

身につけているのは、戦場で使う金属製の鎧《よろい》ではなく、もっと身軽さを重視した革の鎧。その鎧に飛び散っているのは、血だろうか。

乱れた髪が額に落ちかかっているが、それを気にしている様子も見受けられない。

――でも。

近寄りがたい雰囲気《ふんいき》であるのと同時に、彼の姿には生気のようなものが感じられた。先ほどまでの不安な気持ちが、一気に彼に押し流されていく。

「――レティスの証言は、役に立ちました？」

「立った。エルートも別の情報源から情報を得て、怪しいとにらんでいた場所だった」

「そうでしたか」

「怪我人を頼む。治療を終えたら――子供達は一度、皇宮に連れて行く。親には、そちらに迎えに来てもらうことにする」

やはり、怪我人がいたか。メルティアは広げた両手に視線を落とした。

メルティアの手にも、同じような傷がついたことがある――ぶん、と首を振り、それからきゅっと唇を噛《か》んだ。

――絶対に、許さない。

エトニアの民だけではなく、この国の民まで……。

胸のあたりが急激に熱くなったような気がした。人は怒りでここまで熱くなれるのだと初めて知ったような気がする。

メルティアの変化を感じたのか、ルディウスがそっと手を伸ばす。

柔らかく頬に触れられて、すっと怒りが引いていった。頭が熱くなっていたのが、落ち着きを取り戻したようだ。

——ルディウス様は、私のことをよくわかっているのね。

ひょっとしたら、メルティア以上にメルティアのことをよく知っているのかもしれない。

「私も、ここで手伝います。ルディウス様は、先にお帰りに——」

「いや、俺もここで手伝おう。それが終わったら、集めてきた証拠を全て精査しなくてはな」

ルディウスも、ここに残ってくれるとは思っていなかった。メルティアはきびきびと動き始め、怪我人達は全員が厚い手当てを受けることができたのだった。

◇◇◇

ルディウスがその場に到着した時には、すでに戦いは始まっていた。

「捕まっている者達の救出が先だ！　どんどん馬車に乗せて、この場から遠ざけろ！」

張りのある、よく通る声で指示を出しているのはエルートだ。

メルティアを救出した時には、事前に準備をする時間があったのだが、今回はそうはいかない。

レティスが逃げたことにより、犯人達が潜伏《せんぷく》場所を移動しようとしていたからだ。

「ルディウス様！　子供が五人、若い娘が二人捕らえられていました」

「その他には？」

「先に移動させられたようです」

報告しに来たエルートも、しかめっ面《つら》になっている。

出遅れたかと、思わず舌打ちをした。

様々な情報をたどり、この近辺であろうことまでは見当がついていた。だが、このあたりは貴族の屋敷が多い。

さすがのルディウスも、うかつに踏み込むような真似《まね》はできず、少人数で調べを進めているところだったのだ。

――レティスのおかげで、何人かは救出できたが。

だが、すでに他の者は連れ去られたあとだった。レティスにも、もっと詳しい話を聞く必要があるだろう。

だが、無理はさせられないとすぐに思い返す。

「この場所にあるもの全て、皇宮に運べ。壁も全部はがして、壁の中まで確認しろ」

まずは、捕らえた男達と、入手できた証拠から犯人を探し出すことにしよう。

病院で看護人の手伝いをしていたメルティアと共に、馬車で戻ることにしたのだが、メルティアは難しい顔をして考え込んでいる。ルディウスも、口を開こうとはしなかった。——メルティアのことだから、うかつな行動はとらないと思っていたが。

頭に血が上ってしまったようなことを口にしていたが、ルディウスの目から見たらメルティアは十分冷静だったと思う。

先に使者を走らせ、準備を始めさせておき、次に現場の地図を持った者を走らせた。この病院から来たのだというのはわかっていたから、道は一本だ。

病院に向かう途中で合流することができたから、予想以上に早く動くことができた。

「私……正しい行動を取ることができました？」

先ほどから、何を不安そうに考え込んでいるのかと思えば、そんなことか。

ルディウスは、手を伸ばしてメルティアの頭を抱え込んだ。

「よくやってくれた。場所が場所だけに、手を出しかねていたからな——レティスがいなければ、踏み込むまでにあと数日はかかっただろう」

「……よかった。レティスの心の傷も心配で」

レティスは、メルティアと一緒に捕まっていたのだそうだ。二度も男達の手に落ちるとは不運が過ぎる。

今回は助けが来るとは思っていなかったから、見張りを騙《だま》して逃げ出したという。あちこち痣になっていたのは、逃げ出す時にぶつけた痕《あと》だそうだ。

「レティスの行動が、次の被害者を生むのを防いだんだ。彼女には——そうだな、褒美《ほうび》を出そう。生活を立て直すにしても、先立つものはあった方がいい」

「……私のところで働いてもらうのは、問題でしょうか？」

思いがけないことをメルティアが言いだして、ルディウスは目を見張る。すぐに反応を返すことができなかったのが悪かったのか、彼女はみるみる眉を下げた。

「……その、皇宮だったら厳重に守られているから……安心だと思って……難しいようなら、何か別の手を考えます」

しゅんとしてしまったメルティアの様子が愛おしくて、思わず抱きしめた腕に力をこめた。

たしかに、それはいい考えかもしれない。

「メルティアが望むのなら、そうすればいい。怪我が治ったら、レティスに聞いてみろ」

「よろしいんですか？」

ぱっと、メルティアの表情が明るくなる。

身元の保証がない人物を近くに置くのは、本来ならあまり好ましいことではないのだが、かなえられない程度のことではない。ルディウス自身、貴族の保証人のいないエルートを側近に迎えている。

特にレティスの場合、メルティアと共に、捕らえられていた期間を支え合った相手だ。望むのなら、メルティアの側仕えにしてもいいだろう。

「……ありがとうございます」

ルディウスのそんな考えを知っているのかいないのか。ほっとしたような笑みを浮かべたメルティアは、ルディウスの腕に自分の腕を絡めてくる。

最初のうちは遠慮がちだったのだが、二人きりの時――今は馬車の中なので二人きりだと言ってもいいだろう――には、こうして素直に甘えるようになった。

メルティアの、こんな顔を見られるのは自分だけだと思うと、不思議な優越感のようなものが芽生えてくる。

いつの間に、こうまで愛おしく思うようになったのか――ルディウス自身、よくわからない。

「今回も、子供達は任せていいか」

「お任せください、ルディウス様」

顔を上げたメルティアが、にっこりと微笑む。

――やはり、彼女を迎えてよかったんだ。

メルティアの微笑みに吸い寄せられるように、そっと唇を重ねたのだった。

結果として。

物事は、ルディウスの想像以上に深刻だった。捕らえた男達から情報のたどりついた先は
――この国の貴族だ。

先日、救出した子供達が、貴族の屋敷が立ち並ぶところから少し離れた森の中に捕らえられていたという時点で、問題があるだろうと思っていたのだが。

「……ここまで、俺を馬鹿《ばか》にしていたとはな」

ルディウスの手が、怒りに震える。

――たしかに、頼りにしたこともあった。娘を妃にという打診を受けたこともある。

若くして即位したルディウスの、政治的手腕を疑問に思う声も最初はあった。

戦地では役に立つかもしれないが、皇帝として立つとなると話は別だ――と。その声を一つ一つつぶしていった時、協力的だったのはフェルステーフ公爵だ。

「間違いないんだな？」

証拠をルディウスの前に差し出したエルートに問いかければ、彼も無言のままにうなずく。

おそらく、エルートも信じられない気持ちでいるのだろう。

「――よくわかった」

ルディウスの唇から、低い声が出た。

以前のように、人数を集めてのオークションはやらなくなったようだ。だが、人身売買は確実に行われている。

「オークション形式は、目立つからやめたようだが――〝商品〟の引き渡しは近々行われるだろう。時間と場所を探し当てるぞ」

「かしこまりました」

エルートが胸に手を当て、丁寧《ていねい》に一礼する。ルディウスの手が、証拠をぐしゃりと握りつぶした。

◇◇◇

――やはり、レティスの心の傷はかなり大きいみたい。

レティスが二度も捕らえられてしまったのは、本当に偶然だったようだ。

帝国での生活が気に入っていたレティスは、パン屋での仕事の他、裕福な商人達の屋敷が集まる一画にある飲食店で働いていたという。

おいしい料理とおいしいお酒。給仕に回るのは、男女ともに見目麗《うるわ》しい者ばかり。そんな中でも、レティスの人気はかなり高かったようだ。

——稼げるだけ稼いで、自分の店を出すつもりだったと言っていたけれど……。

給料もよかったが、容姿のよさも雇用条件の一つだ。あまり長い間は働けないだろうと、最初から短期間で稼ぎ、独立するつもりだったという。

店の帰りに無理やり馬車に連れ込まれてしまったと言うから、もしかしたら店に客としてやって来て、どの娘を攫うのか物色していたのかもしれない。

今はメルティアの勧めで、皇宮で手伝いのようなことをしている。

レティスが望むのなら、メルティアの側《そば》で仕えてほしいと思っていたのだが、まだ言いだせずにいた。

一人、部屋で考え込んでいたら、エルートが使いにやってくる。

「メルティア様。陛下がお呼びです。先日の拉致《らち》事件の話だそうです」

「……首謀者が見つかったのかしら」

ルディウスが頭を悩ませていたのは知っているから、事件が解決に向かったのならよかった。

もう安全だと判断されれば、レティスに今後どうするのか、問うのも気が楽になる。

そう思ってメルティアが向かった部屋には、フェルステーフ公爵の他、何人かの貴族が集められ、長いテーブルに向き合うようにして座っていた。

入室してきたメルティアに、彼らはジロリと目を向ける。

——私、場違いな気がする。

ここに集まっているのは、この国を動かしている重要人物達だ。

メルティアは、たしかにルディウスの妃ではあるが、ここに集まっている人々からすれば、それだけではメルティアの同席を認めないだろう。

——あとで、こっそりお話をしてくれれば、私はそれで十分だったのに。

ルディウスは、長いテーブルの端に座っていた。室内全体を見渡せる位置だ。彼の隣には、もう一つ椅子《いす》が用意されている。

「メルティア、ここに座れ」

長い足を組み、背中を椅子の背もたれに預けるようにして座っているルディウスは、隣へとメルティアを誘う。

——いったい、どういうつもりなのかしら。

椅子の横で立ち止まり、呼吸を整えてからそっと座る。再び突き刺さる視線に、身体を縮めそうになった。

艶々《つやつや》に磨き抜かれたテーブルは、何十年もの間、この場所に置かれていたのだろう。

テーブルについている人達が皆落ち着き払っているということは、毎日の政策をここで論じているのかもしれない。

「さて、これで全員だな」

ぐるりとルディウスは、一同を見回した。

彼の声は、メルティアに話しかける時よりもいくぶん低い。そこにすごみのようなものを感じて、椅子の上で背筋を伸ばした。

「陛下、急なお召しですが、いったいどういうことですか？」

話の口火を切ったのは、フェルステーフ公爵だった。彼はルディウスを恐れている様子など、まるで感じさせない。

「おや？　お前がそれをわからないのか、フェルステーフ公爵」

改めて背もたれに背を預け、足を組み直したルディウスは、見せつけるかのように、ゆっくりとテーブルの上で両手を組み合わせた。

――ルディウス様は、何を考えていらっしゃるのかしら。

自分がなぜこの場に呼ばれたのか、わかっていないのはメルティアだけではないらしい。

室内にいる人々はざわざわとし始めていて、ルディウスの方に怪訝な目を向けている者までいる。

「しかたないな、俺から説明するか。近頃、人身売買を行っていた組織が摘発されたのは知っているだろう」

「皇妃様が捕らえられていた組織ですか？」

こわごわと尋ねたのは、かなり下座の方についている男性だ。たしか伯爵だったはず。王宮では、金銭を管理している部署で働いていたと思う。

「それとは別件だ。全て叩《たた》きつぶしたつもりが、つぶせていなかった。この場にいる誰も気づいていなかったのか？　町ではずいぶん噂になっていたぞ」

「町の噂までは……」

そこまでは把握していられないと、一人が首を横に振る。それにもまた、ルディウスはうなずいた。

「そうだろうな。普通は、そこまでは把握していないだろう――だが、フェルステーフ公爵、公爵は把握していたのではないか？」

「何をおっしゃいますか。くだらない噂話になど、耳を傾《かたむ》けたことはありませんよ」

「……ほう」

ルディウスが、目を細める。

――何か、重要なことを口にしようとしているのではないかしら。

メルティアの視線が、ルディウスに吸い寄せられる。

真剣な表情をしているルディウスは、メルティアにじろじろと見られていることには、気づいていないようだった。

「公爵のところに報告を上げたと、養護施設の院長は言っていたが。助けてほしいと頼んだとも」

「私のところには、そういった頼みごとが多数持ち込まれます。いちいち全部は覚えていられませんよ」

「……そうか」

フェルステーフ公爵の話を、信じているのかいないのか。ルディウスは、ちらりと彼の方を見やる。

「いつだったか、養護施設で会ったことがあったな」

「ございましたな――それが、何か？」

「子供達が育てられている施設は、全部で十ある。調べさせたが、そのうち九つの施設から子供が行方不明になっていた」

どの施設から子供が行方不明になったのか、それは、そこまで大事なことなのだろうか。

――関係ないように思えるけれど、ルディウス様には何かお考えがあるのだろうし。

そもそも、なぜメルティアをここに呼んだのかが、まったく理解できない。攫われた時のことを、証言させたいのだろうか。

「子供が行方不明になった九つの施設と、行方不明にならなかった施設。違いは何かわかるか。フェルステーフ公爵」

テーブルの上で指を組み合わせたまま、ルディウスはゆっくりと続ける。

「一つの施設は、俺とメルティアが支援をしていた」

「……どういうことですか？」

「俺とメルティアが支援をしていた施設だけは、他の施設の事件を聞きつけて、すぐに警備を厳重にしたのさ」

メルティアが視察に赴《おもむ》いた時、もう少し厳重に警備した方がいいのではないかと思っていた。

実際には、そのすぐあとにレティスと再会してしまい、ルディウスにそんな話を持ちかける時間はなかったのであるが。

「そんなの、偶然でございましょう」

「ああ、そうだな。だが全ての施設に、公爵は自ら視察に赴いている。普通はそこまではしないだろう――支援者はマリエッテ嬢なのだから」

ルディウスの言葉にも、公爵は動じた様子など見せなかった。皇帝への礼儀は守っているが、どこか侮っているようでもある。

「だが、お前の使っていた者達が白状したぞ。フェルステーフ公爵に使われていた、と」

「それだけでは、お話になりませんな」

そうだな、とルディウスは笑う。

最初から、公爵に認めさせるつもりはなかったのかもしれない。立ち上がったルディウスがテーブルに投げ出したのは、何枚もの書類だった。

「お前の取引先もわかったぞ。用心深いのはいいことだが、証拠はもう少し、しっかりと隠すべきだったな」

ルディウスがピンと弾《はじ》いたのは、金のボタンだろうか。空中できらりと光ったそれに、フェルステーフ公爵の目が吸い寄せられる。

「そ、それは！」

手を伸ばし、取り上げようとするものの、ルディウスの方が早かった。手にしたそれを、そのままポケットに入れてしまう。

「フェルステーフ公爵、お前はもともと仲買人に〝商品〟を提供する側《がわ》だったそうだな。帝国人の被害者は、お前が拉致させたものだった」

「そんなこと――」

「認めたくないなら、まあいいさ。長年のお得意様がつぶれたところで、自ら商品を売ることにしたか？」

ふん、とフェルステーフ公爵は顔を背ける。

ルディウスの言葉で納得できたような気がした。ルディウスも不審に思っていたのだ。いくらなんでも、組織の再編が早すぎる、と。

だが、フェルステーフ公爵が後ろ盾《だて》となるのならば、そのくらいはたやすいことだろう。

「商品を〝販売する〟側に乗り出したということだろうが――その罪は重いぞ。償ってもらう」

バッと立ち上がった公爵は、身を翻して逃げようとした。だが、ルディウスの方が速かった。

側に飾られていた像を取り上げたかと思ったら、勢いよく振りかぶる。次の瞬間、彼の手を離れ、放物線を描いたそれが公爵の背中に叩きつけられていた。

「……ぐっ！」

かなりの衝撃だったのだろう。前につんのめった公爵は、そのまま床に倒れ込む。

集まった貴族達は目の前の光景が衝撃的だったようで、微動だにしない。

それはメルティアも同じ。まさか、フェルステーフ公爵が犯人だとは、思ってもいなかったし、今の一投の鮮《あざ》やかさに圧倒された。

「捕らえろ！」

ルディウスの鋭《するど》い声が響く。エルートが手早く公爵を縛り上げ、そのまま部屋から引きずり出していった。

第七章　愛の誓いをもう一度

思いがけない再会は、雪が降る日のことだった。

一日の仕事を終えたメルティアは、温かいハーブティーに蜂蜜《はちみつ》をたっぷり垂らして、暖炉《だんろ》の火がパチパチと燃える音に耳を傾《かたむ》けながら、ぬくぬくと読書をしているところだった。

今日は大雪だから、メルティアに会いに来る友人もいない。

――レティスも、新しい就職先で元気にやっているみたいだし。

退院したレティスをメルティアの側仕えにしようと思っていたのだが、彼女は騎士団で働くとあっさり自分で仕事を見つけてきた。

というのも――逃げてきた時、レティスに真っ先に飛びかかった護衛の騎士と、いい関係を築いているそうなのだ。

騎士団での仕事も楽しいという話だから、レティスのためにはその方がいいのかもしれない。

――それにしても。

フェルステーフ公爵が捕らえられたという事件は、国内に大きな衝撃が走った。

子供達が養育されている施設を巡っていたのは、自分で〝商品〟を探すためだったというのだから、驚かされてしまう。

捕らえられた公爵は、今は裁きを待っているそうだ。だがルディウスは、組織の壊滅が確認できるまではと、公爵を城の地下に捕らえたままでいる。

――マリエッテ様を皇妃にしたかった……と言っていたけれど。

結局のところ、フェルステーフ公爵の野望は、そこにあったようだ。マリエッテを皇妃とし、自分は外戚として権力を握る。

メルティアを皇妃の座から追いやる工作のために、多額の現金が必要だった――というのが、公爵の動機だったと聞かされている。

――でも、それだけではない気がするのよね。

わざわざ、あんな組織を作らなくとも、公爵家の財政は十分な気がするのだ。とはいえ、メルティアがこれ以上考え込んでいても、しかたないだろう。

あとはルディウスに任せておけばいい。考えるのを放棄し、読書に戻ろうとした時だった。

「メルティア、客が来たぞ」

ルディウスの声に、怪訝《けげん》に思いながら立ち上がる。ここはメルティアの私室であり、基本的に客人は招かない。

——大丈夫、大丈夫、よね……？

慌てて、きょろきょろと見回したのは、部屋が散らかっていないかどうかを確認するため。磨き抜かれたテーブルには、飲みかけのハーブティーとティーポット。その横には赤い革表紙の本が置かれているが、このくらいは許容範囲か。

どうぞ、と入室を許可する前に、ルディウスが二人の少年を連れて入ってきた。

少し年が離れているように思える。年上の少年は、十七、八……もう少し幼いだろうか。年下の少年の方は、十二、三歳というところか。

二人は、揃いの衣服に身を包んでいた。白いシャツに茶の上着。ズボンも茶色だ。

メルティアの姿を認めるなり、二人ともパッと表情を明るくした。そして、メルティアの前までずんずんと進んでくる。

「……え？」

目の前に立つ少年二人。立ち上がり、出迎えたまではよかったが、彼らがどこの誰なのかメルティアにはわからない。

だが、年下の少年の方は……艶《つや》やかな銀色の髪、青い瞳。彼の顔を見たとたん、『姉さま』と、メルティアのことを呼んでいた幼い声が、耳に蘇《よみがえ》る。

「ウィレム……？　ウィレム、なの？」

問いかける声は、震えを帯びていた。

城が落ちたあの日。メルティアとウィレムは、それぞれの乳母《うば》家族と共にバラバラに逃げた。二人一緒に捕まって、王家の血を絶やすわけにはいかないから。

「はい、姉上。僕……いいえ、私がウィレムです」

メルティアの前に、少年――ウィレムは首に手をやった。鎖を引っ張り、取り出したのはペンダント。

瞬きもせずにそれを見つめていたら、ウィレムはペンダントをメルティアの方に差し出す。表面に刻まれているのは、エトニア王家の紋章だ。

――本当に、ウィレム……なの……？

メルティアは、カチリとペンダントを開いた。中に納められているのは、メルティアのペンダントに入っているのと同じ絵。

家族四人が、こちらに向かって微笑んでいる。メルティアの、腰のあたりまでしか身長のなかったウィレム。そろそろ、大人になるための準備を始められるだろうかと、希望に胸を膨らませていたメルティア。

亡くなった母は、父の隣に若いままの姿で描かれている。本来なら三人の姿を描くのだろうが、父は母を愛していたから、母の姿も描くよう画家に命じていた。

メルティアも首に手をやった。ルディウスが取り返してくれたペンダント。鎖《くさり》を通して首に吊《つ》るしていたのをそっと取り出す。

「同じですね」

カチリと音をさせてペンダントを開くと、ウィレムと同じ肖像画が現れた。熱くなった目元をぬぐい、メルティアはウィレムと一緒に来た少年の方に目を向けた。

「では、あなたはハインリかしら？」

ハインリは、ウィレムの乳母の息子である。ウィレムより半年早く生まれた弟がいて、母が乳母になったのを契機に、ウィレムの遊び相手として城に招かれるようになった。同じ母の乳で育っているから、年は離れているが乳兄弟といっていいだろう。

「はい、メルティア様も……よく、ご無事で」

胸に手を当て一礼したハインリは、そのまま動かなくなってしまった。頭を下げている彼の肩が、わずかに震えている。

彼の方に手を差し伸べかけ——だが、あまり好ましくないのではないかと、その手が空中で止まる。

「あなたの弟は……？　他の皆はどうしたの？」

「両親は、今の住まいに残っています。本人は供をしたがっていたのですが、弟は両親の元に残してきました。病弱で、この時期の旅は足を引っ張ると判断しましたので」

ハインリだけがついて来たことを、とがめられたと思ったらしい。慌てた様子で、早口に彼は説明する。

「よかった。両親と弟……ということは、皆、無事なのね。それなら、よかった。本当によかった！」

感激のあまり、涙がじわじわと込み上げてくる。

「……本当に、大きくなって。それに、あなたの家族にもお礼を言わなくては」

国を離れてから八年。ウィレムが無事に生き残ることができたのは、乳母家族の貢献が大きかっただろう。メルティアが、メルティアの乳母家族に救われたように。

「いえ、母は当然のことをしただけだと申し上げるでしょう。長年、エトニア国内で密かに活動を続けてきましたが……力及ばず」

ハインリはそっと目を伏せた。そんなハインリの腕に、ウィレムが手を置く。この二人の間には、強い信頼関係があるようだ。

「僕が成人するまでには、決起することができるだろうという計画だったんです。残念ながら、僕はまだ力不足ですから」

ウィレムが付け足した。先ほどは私、と言い直していたのが、気が抜けたらしく元に戻っている。

弟の成長を、もっと側《そば》で見ていたかった、なんていうのは贅沢《ぜいたく》だろう。

生きていてくれた。こうして会いに来てくれた。それだけで十分だと思わなくては。

「これから、どうするの？」

弟達に再会できたのはよかったが、これから彼らはどうするつもりなのだろう。

「皇宮の南に、別棟があるだろう」

ルディウスが言ったのは、彼の祖母が晩年を過ごしたという建物のことだった。

今の時期は雪に埋もれて見えないのだが、ルディウスの祖母が丹精込めて育てたという、美しい薔薇《ばら》園のすぐ側にある。

そこに宿泊できるのは、ごく限られた者だけらしい。メルティアが皇宮で生活するようになってから、その建物に宿泊した者はまだいなかった。

「よろしいんですか？」

「ああ。メルティアも、しばらくそちらで一緒に暮らすといい。家族水入らずで」

「……え？」

ルディウスの言葉に、何か引っかかってしまう。その何か、がなんなのか今のメルティアにはわからないのだが。

——でも。

彼の口調は柔らかかったけれど、従ってほしいという意志を強く感じる。

こういう時には、彼の言うことには従った方がいい。

メルティアは、それ以上深く追及することはなく、ルディウスの言葉にうなずいた。


ルディウスは、事前に客人が来ると聞いていたのだろうか。

離宮は、すでに客人を迎える準備を整えていた。

メルティアに用意されていたのは、二階にある日当たりのいい部屋である。ウィレムの部屋は、メルティアの隣。ハインリは、ウィレムの向かい側の部屋だそうだ。

——ずいぶん前から、準備していたのかも。

長い間、使われていなかった建物だが、最近大々的に手を入れたような形跡がある。

室内に置かれている調度品全てが、メルティアの好みに合わせられていた。白とピンク、ベージュを基調に揃えられていて、ほっとする雰囲気《ふんいき》だ。

衣服や身の回りの小物なども、すでに使用人達の手によって運ばれている。しばらくここで暮らすのに、まったく不自由しないですみそうだ。

久しぶりに再会した弟と、一緒に過ごすことができるのは嬉《うれ》しいけれど、ルディウスと離れてしまうのは少し寂しい。

――この雪では、あちらに戻るのも大変でしょうし。

メルティアが暮らしていた皇宮と、この建物を繋ぐ道は、綺麗《きれい》に雪かきされていて行き来に困ることはない。

だが、あちらまで戻るとなると、馬車を出さねばならないし、寒い中では御者に気の毒だ。

――ルディウス様が、家族水入らずの時間を過ごすようにと気を使ってくれたのだから、ありがたく受け止めておきましょう。

気持ちを切り替え、夕食のために階下の食堂へと降りていく。

「姉上、見てください！　僕達の着るものも、用意されていたんですよ。びっくりです！」

先ほどまでは、一般の庶民が身につけるのと同じ服を着ていたのだが、今のウィレムは、王族らしい豪奢《ごうしゃ》な衣服に身を包んでいた。紺の上着が、先ほどは幼く見えていたウィレムを実年齢よりいくらか大人に見せている。

ハインリの方も、王族に仕える従者にふさわしい衣服に改めていた。メルティアを見ると、丁寧《ていねい》に一礼する。

「姉上、ハインリに言ってくださいよ！　ここでは一緒に食卓につかないと言うんです。今までとは立場が違うからって」

ウィレムの言葉に、ハインリは気まずそうだ。

たしかに、主《あるじ》と従者は一緒に食事をすることはない。そういう意味では、ハインリの行動は正しい。だが、今はそこを気にしなくてもいいのだ。

「ハインリ、一緒に座りましょう。あなたは、ウィレムと兄弟のように育ってきたのでしょう？　あなたやあなたの家族がいなければ、ウィレムと私はこうして無事に再会できなかったのだし、あなたも家族の一員よ」

「……メルティア様は、どのようにしてこちらに？」

ハインリはメルティアの二歳下だったから、まだ十六だ。それなのに、ずいぶんと落ち着き払っているように見える。やはり、苦労してきたからだろうか。

今もメルティアの方に、気づかわしげな目を向けていた。

「ああ、そうね……私のことは、生きていたとしか知らされていなかったの？」

「はい。こちらの国で匿《かくま》われていたのではないか、というのが、町の噂です」

メルティアがどこでどう育ってきたのか、それを知っている者は少ない

マリエッテが問いただしてきたこともあったけれど、「乳母達と隠れ住んでいた」という

説明しかしていなかった。

――気づいている人もいるのだろうけれど。

気づいていても、あえて口にはしない。貴族の社会とはそういうものだ。

「それが、実は……」

食事をしながら、あの日、城を逃げ出してからのことをメルティアは語る。

乳母達との潜伏《せんぷく》生活。少し落ち着いてから、町に出て始めた商売のこと。

そして、乳母達と暮らしていた家が襲撃され、人身売買組織に捕らわれて、オークションにかけられそうになったことまで。

最初のうちはメルティアの話を、わくわくした様子で二人は聞いていた。別れてからのメルティアが、どんな生活をしていたのか興味があるらしい。

だが、人身売買組織に話が及んだあたりから、彼らの表情が曇っていく。その表情が再び明るくなったのは、ルディウスとの結婚が決まってからの話だった。

「だから、私……今はとても幸せなの。エトニアのことについても……もっと考えなければならないことは、たくさんあるけれど」

「姉上は……本当に、愛されているのですね」

そうウィレムが口にして、メルティアは思わず目を瞬かせた。

——愛されている？　私が？

もしかしたら、と思ったことがないとは言わない。

ルディウスは、いつだってメルティアを大切にしてくれた。

メルティアに触れる手、こちらを見るまなざしにこめられた熱。だが、気づく度に、メルティア自身はそれを打ち消してきた。

もし、それがメルティアの思い違いだったとしたら。的外れな期待を裏切られて、勝手に傷ついた気持ちになる。そんなのは嫌だった。

「……それなら、いいのだけれど」

だが、弟に余計な気を使わせたくなかったから、あいまいに微笑《ほほえ》んで話題を変える。

エトニアには、もう何年も行っていない。

「もう少し落ち着いたら、エトニアに連れて行ってくださると、ルディウス様が言っていたわ。来年の夏には……行けるかしら」

「その時には、僕も行きたいな。一緒に連れて行ってもらえるでしょうか」

「きっと、ルディウス様は、だめとは言わないと思うわ」

「でも……できれば、自分の手で取り戻したかったな」

いくぶん、悔しさの混じった口調で、ウィレムは言った。

今、エトニアは、ディミリア帝国の支配下にある。

――離れていた時間は、あまりにも長かったわね。

再会できたことは嬉しいが、彼が時折見せる大人の顔に胸が痛くなる。

十二歳といえば、まだ子供。だが、これから先、自分の肩にのしかかる責任の重さを実感し始める年頃でもある。それが大人になるということなのは、メルティアにもよくわかってはいるのだが。

「私達がやらなければならないのは、民をどう導いていくか、よ。そうでしょう？」

「そうですね。この国でたくさんのことを学び、父上の跡を立派に継げるようになります」

ウィレムが、決意のまなざしでそう宣言する。

ハインリがその様子を温かく見守っているのを見て、メルティアもまた微笑ましい気持ちになった。


弟との再会は嬉しかったのだが、ルディウスと一緒に過ごす時間は、あまりにも少なくなってしまった。

最初の数日は、家族水入らずで過ごすという宣言を守ってくれているのだと思った。

だが、二日、三日と時間が過ぎていくうちに、おかしいのではないかと思い始める。

――私が、我がままを言える立場ではないのは、よくわかっているつもりなのだけど。

頬杖《ほおづえ》をついて、先日まで暮らしていた皇宮の方を見やる。

あれから二週間。ルディウスがここを訪れたのは一度だけだった。

それも、午後のお茶の時間を一緒に過ごしただけ。ウィレムとハインリの目を気にしたのか、額に口づけ一つ落としてすぐに立ち去ってしまった。

――だから、期待してはいけないと思ったのよ。

雪は積もっているものの、今日はよく晴れている。雲の隙間から見える青空に、ため息をつきたくなる。晴れているのなら、こちらに来てくれてもよさそうなものなのに。

いっそのこと、曇ったままでいてくれたら、これ以上の期待はしないですんだだろうに。

ウィレムとハインリは、室内にこもっているのが物足りなくなったのか、二人揃って剣の稽古《けいこ》をしているはずだ。

外で訓練できなくても、この建物には二人が剣の稽古に使えるだけの広さを持つ広間があった。

ふと、窓の外を見れば、こちらに向かって一頭の馬が走ってくるところだった。

――あれは、ルディウス様？　いえ、エルートね。

普段は似ているとまったく思わないのに、ルディウスに会いたいと思う気持ちが膨れ上がっているせいか、エルートがルディウスに見えてくる始末だ。

はぁとため息をついて、エルートを出迎えるために立ち上がる。ふと、胸をよぎった不安からは目を背けた。

――ルディウス様は、もう私は不要と思っているのかしら。

だが、口に出すことはできない。自分の立場を考えたなら。

こうして、訪ねてきた弟にまでよくしてもらっているのだ。これ以上を望むのは分不相応というものだろう。

――できることなら。ルディウス様のお子が欲しかった。

メルティアの思考は、あらぬ方へと飛んでいく。真っ平らな下腹部は、そこに子など宿っていないことを示していた。

「メルティア様、お困りのことはございませんか」

エルートは、深々と頭を下げる。

この生真面目な側近に、メルティアは好意的ではあったけれど、今は彼にも優しく振る舞う気にはなれなかった。

むっと下唇を突き出した表情は、メルティアには珍しい。胸に手を当て、深々と息をつく。

「――あるわ」

エルートは弾《はじ》かれたように直立した。瞬時に緊張の面持ちになる。

「ルディウス様にお会いできないと……ここが痛くて。私はもう、不要な存在なのだとしたら……身の振り方を考えないといけないでしょう？　お邪魔《じゃま》はしたくないもの」

「な、何をおっしゃるんですかっ！」

胸に手を当てたメルティアはいたって真面目《まじめ》だったけれど、エルートの方は緊張している様子が一気に崩れて、慌てた顔になった。ぶるぶると首を横に振っている。

「と、とんでもありませんっ！　なぜ、そのような発想に……！」

「だって、最近お会いしてないわ。お邪魔はしたくないし……今、私にできるお仕事もないから、口実を作ってお会いすることもできないし」

「ですが、不要になったなどということはありません。ルディウス様は、メルティア様を大切に思っていらっしゃいます」

エルートは、懸命にメルティアを説得しようとする。けれど、メルティアも引けなかった。

「少しでいいの。お目にかかれたら……ここの痛みも治まると思うの。いいえ、遠くから少しでもお姿を拝見できれば、それで……ごめんなさい。今のは忘れて……わがままだわ」

こんな風に胸の痛みを覚えたのは、いつ以来だろう。

子供の頃、父と別れ、弟と別れた時が最後だったのではないだろうか。会いたいのはわがままだけれど、遠くから姿を見るくらいなら許してほしい。

胸に手を当てたまま息をつくと、エルートはメルティアのことを気の毒に思ったようだった。

「遠くから見るだけでもよい。そうおっしゃるのであれば」

「本当に？」

遠くから一目見られればそれでいいのだ。ルディウスが元気であることを、自分の目で確認することさえできれば。

エルートは数日後の日付を指定し、目立たない服装で待っているようにと告げてから、立ち去った。

エルートと別れてからの数日。メルティアはそわそわしっぱなしだった。

――遠くから、見るだけでいいの。

以前は、もっと近い距離で話をしていたことを考えると、それは、あまりにもささやかな願いだったかもしれない。

だが、今はルディウスの邪魔はしたくなく、エルートの言うとおりにするしかなかった。

「どうして、あなた達もここにいるの？」

メルティアが目立たない服装で、と指定されたのに対し、ウィレムはルディウスの用意してくれた、立派な衣服を身に着けていた。

ハインリも黒の上着に白いシャツと、使用人としてきちんと身なりを整えている。

――何かあるのかしら。

メルティアは緊張していたけれど、ウィレム達もまた緊張の面持ちだった。

エルートが御者台に乗り、残る三人は向かい合って馬車に乗り込む。

「僕達は、あちらについたら別行動なんです」

エルートがウィレム達も一緒に連れていくと言うのだから、何か事情があるのだろう。

「……そうなの」

皇宮の裏口で馬車を降りた。

「ここから先は、お静かに願います」

人差し指を口に当て、黙っているようにと告げられる。三人とも揃って首を縦に振った。

エルートが案内した場所は、メルティアは入ったことがない区画だった。ここは、おそらく秘密を擁する政務のために使われる場所だろう。

使用人の気配もなく、廊下はしんと静まり返っている。そして、エルートは目立たない場所にある小さな扉を開いた。

「メルティア様は、この部屋でお待ちください。隣の部屋の会話を聞くことができるでしょう。のぞき穴も、そこにありますので。ウィレム様とハインリは、隣の部屋に」

エルートがメルティアを招き入れたのは、小さな部屋だった。

その部屋には、家具などまったく置かれていない。むき出しの壁が、寒々しくメルティアの目には映った。

「……この部屋は」

「隣の部屋でどんな会話が交わされても、声を出してはいけませんよ。こちらの声も、向こうに聞こえてしまいますからね」

再び人差し指を口に当て、念を押してからエルートは部屋を出て行ってしまう。続いて隣の部屋の扉が開く音がした。

「陛下、ウィレム様をお連れしました」

「遅かったな」

ルディウスの声がして、メルティアは飛び上がった。

彼の声を聞くのは、ずいぶん久しぶりのような気がする。のぞき穴に近寄り、隣の部屋の様子をうかがう。

そこはメルティアが今いる部屋よりは大きかったが、皇帝が使う部屋にしては簡素にも思えた。

部屋の中央には大きなテーブルが置かれ、向き合うように四脚の椅子《いす》が並んでいる。こちらを向いているルディウスは、眉をひそめて険しい顔をしていた。

「……そうでしょうか？　ハインリ、君はこちらに。私と並んで立つように」

「わかりました」

「落ち着け。そんな風にそわそわしていては、相手に弱みを見せることになるぞ」

「は――はいっ！」

ルディウスの言葉に、ますます緊張してしまったらしい。ぴんと背筋を伸ばし、ウィレムはルディウスの隣の席に腰を下ろした。

「……こんなところにまで、雪の中、呼びつけられるとは思っていなかったぞ」

扉が開き、そう口にしながら入ってきたのは、従者らしき人間を二人連れた壮年の男性だった。

――どなたかしら。この国の方ではないようだけれど。

従者は、こちら側《がわ》の壁に近寄ってきた。壁を背に、主の背後に立っているようだ。男は椅子を勧められる前に、ルディウスの向かい側にどすんと腰を下ろした。

この国の貴族にしては、ずいぶんと乱暴すぎる。ルディウスに敬意を示さないその姿に、先方から見えないのはわかっていても、メルティアの眉間《みけん》に皺《しわ》が寄る。

「その子供はなんだ？」

「子供ではありません！」

いぶかしげな声で問われて、ウィレムが即座に反論する。

「落ち着け、ウィレム。先に話をしようではないか――」

ルディウスはウィレムをなだめると、わざとのように座り直した。相手が誰なのか、誰も口にしようとしないから、メルティアにはわからない。

「さて、こちらからの話だが。ここまでご足労願ったのは、これを見せたかったからだ」

紙を重ねたものが、男の前に滑らされる。一枚一枚、手に取っていた男は、小さな呻《うめ》き声を上げた。

「どこでこれを手に入れた？」

「我が国で、人身売買が行われていた。その組織をたどっていたら――フェルステーフ公爵にたどりついた」

先日、彼の罪は暴かれた。今は罪を償っているところである――そう説明するルディウスに、男は怪訝な声で問いかけた。

「それが、我が国にどんな関係があると？」

「関係があるからお呼びしたんだ。お互い、秘密にしておきたいことだろうからな」

さらに、ルディウスはテーブルの上に何か置いた。のぞき穴に顔を押し付けるようにして見てみれば、それは金色のボタンだった。

あの時、フェルステーフ公爵の前でルディウスが弾いた品だ。これを見るなり、公爵はおとなしくなったのを思い出した。

「フェルステーフ公爵は、自ら人身売買組織を作り上げた。旧エトニア王国の民と、我が国の民——そして、ネディィス王国の民。皆がその犠牲となった」

被害にあったのは、それぞれの国境付近に暮らしている住民が中心だった。

国境を越えてしまえば、行方を追いにくくなるからという理由で、国をまたいで活動していたのだ。

「フェルステーフ公爵だけで、これだけの規模の組織を運営できるとは思ってもいなかった。他国に協力者がいるのだろうと思って、しつこく追及した結果——彼が吐《は》いたのが、このボタンの持ち主だ。自分の身が危うくなって逃げ出さねばならなかった時、持ち主を脅《おど》して逃げる手はずを整えたり、匿《かくま》わせたりするつもりで保管していたのだろうな。でなければ、単に脅しをかけて金銭を巻き上げてもいい」

フェルステーフ公爵は、そんなことまでしていたのか。あの日、顔を合わせた時の公爵の様子を思い出し、メルティアはぶるりと震えて自分の身体を抱きしめる。

「……馬鹿《ばか》な」

だが、男はボタンをまじまじと見て、心底驚いたのか言葉を続けられないでいる。

「そう。そのボタンに刻まれているのはネディス王家の紋章。フェルステーフ公爵の協力者は、ネディス王国のガイエン公爵だ」

「馬鹿な！　弟が、そのような愚《おろ》かな真似《まね》をするはずは！」

二人の話を聞きながら、メルティアは皇妃になってから一生懸命学んだ、他国の王族の家系図を頭の中に思い浮かべる。

――たしか、今のガイエン公爵は……嘘《うそ》！

ネディス王国のガイエン公爵家は、現在の国王の弟が興した新しい家だ。

その兄ということは――今日の客人がネディス国王なのだと、ようやく悟った。こんな雪が深い中、他国の王族をこんなところまで呼びつけるとは。

「フェルステーフ公爵は、このボタンを入手した。この他にも、二人の間で交わされた証拠もある。ご丁寧に、署名までしてな――フェルステーフ公爵は娘を皇妃とし、生まれた子供を皇帝とするつもりだった。ガイエン公爵は――今の王が亡くなったのち、王籍に復帰するつもりだったそうだぞ」

そのためには、多額の資金が必要となる。人身売買だけではなく、麻薬売買に密輸といった商売にも、二人は手を出していたらしい。

声を出してしまわないよう、両手を強く口に当てる。

——国を治めようとする方が、そんなことをするなんて。

もし、彼らの野心が実現していたなら、この国もネディス王国もどうなっていたことか。

彼らの計画が、打ち砕《くだ》かれて本当によかった。

ルディウスも、ネディス国王も口を開こうとはしなかった。ウィレムも、壁に控えている従者達も。

重苦しい沈黙が続く中、メルティアも懸命に呼吸を殺していた。自分の存在に気づかれてしまわないように。

「……他の証拠も見せてもらおう」

やがて呻くような声で、ネディス国王は言った。

ルディウスが低くエルートの名を呼び、エルートはネディス国王の前に新たな書類を並べていく。

「被害にあった者の証言、組織の人間の証言等もここにある——近いうちに、ネディス国王は代替わりする予定だったようだな。医師にも見つけるのが困難な毒物を使用する——と、ここには書かれている」

その毒物は、フェルステーフ公爵の伝手で入手することになっていたそうだ。自分が近いうちに、暗殺されようとしていたことを知ったネディィス国王の肩が震えている。

メルティアの方には背を向けているから、彼の表情まではわからなかったけれど、おそらく怒りをこらえているのだろう。

「……何が目的だ？」

「なに、たいしたことじゃないさ。先日、我が国が占領した旧エトニア王国。あの土地を譲ってくれればそれでいい」

「……しかし」

ネディィス国王は再び呻き、メルティアは隣室で手を握りしめた。

――ルディウス様……なんてことを。

そんな要求、通ると思っているのだろうか。

「未来のエトニア国王が、ここにいるんだ。それとも――帝国の占領した地を力ずくで奪い返してみるか？　その場合、ここに書かれている内容を、大々的に広めることになるが。かなりの醜聞《しゅうぶん》になるな」

うわぁ、とウィレムが声を上げたのが聞こえた。

ウィレムの隣にメルティアがいたら、そんな無作法《ぶさほう》は許さないところだったが、あいにくメルティアは壁一枚挟んでいる。

「エトニアが独立する前は、我が国の土地だったんだがな」

「ガイエン公爵の企みを貴殿に伝え、なおかつ秘密を守ると言うだけでは足りないか？　それに、百年前に独立しているのだから、貴国が占領するまでは支配下にあったわけではないと思うが」

ルディウスは、テーブルの上の証拠と、ネディス国王の顔に交互に目をやる。

「……いや、やめておこうか。この情報だけで十分だ。帝国軍と正面から渡り合ってまで、欲しい土地でもないしな」

金鉱は惜しいらしいが、帝国と正面から渡り合うつもりもないようだ。それでも、そう口にする前に、ネディス王は深々とため息をついた。

細かな条件については、後ほどゆっくり詰めることになり、ネディス国王は部屋を出て行く。

「――ルディウス様！」

もういいだろうと、メルティアは部屋を飛び出した。扉を開ければ、すぐそこにルディウスがいる。

「メルティア、なぜ、ここに？　全てが片付くまで、聞かせないようにするつもりだったのに」

「エルートが連れて来てくれました。あの……今の話は」

「言ったとおりだ。ここに未来のエトニア国王がいる。成人するまでは後見役が必要だし、国を治めるための教育も受けなければならないが、問題はないだろう？」

「ウィレムに土地を与えてしまっては、金の採掘はできないでしょうに」

そう言うと、ルディウスは目を見張った。まさか、彼ほどの人が金鉱のことを忘れていたというのだろうか。

「ウィレム、計画とは違うが、今いいか？」

「どうぞ。義兄上《あにうえ》」

にっこりとしてウィレムが言う。その笑みには、ルディウスと最初に会った時のこわばりは、まったく見られなかった。

いつの間にこの二人、こんなに仲がよくなっていたのだろうか。

「ウィレム――いや、ウィレム殿、と言った方がいいか？　どうか、メルティアとの結婚を許してほしい。メルティアを生涯愛し抜き、大切にすると誓う」

「もちろんですとも。姉を大事にしてくれる方と結ばれるのであれば、これ以上の幸せはありません」

ルディウスの申し込みに対するウィレムは、とても立派だった。姉として、メルティアも弟の成長を間近で見られたのは望外の幸福であった。

感極まったように、ハインリはハンカチを取り出して目に当てる。どうやら、今までの苦労が一気に蘇ったようだ。

ウィレムが立派だったのは嬉しい。とても嬉しい――のだ、けれど。

「あのぅ、生涯愛し抜くって……どういうことでしょう？　政略的なお申し込みだとばかり」

そう口にしたメルティアは、自分の発言を後悔することになった。

せっかくの感動的な申し込みを台無しにしてしまったのは、メルティア自身の不用意な一言であったのだから。

「姉上……それはいくらなんでも。金鉱については、最初から義兄上は気にしていなかったそうですよ。この国は、もともとても裕福ですからね」

「言いたいことは山ほどあるが、まあいい」

ルディウスは額に手を当てて嘆息する。弟には半眼で見られてしまうし、従者達も残念なものを見る目でこちらを見ていた。どうやら、思いきり失敗してしまったらしい。

ネディス国王と話をしなければならないと、ルディウスが慌ただしく部屋を出て行ってから数時間。

寝支度を終えて寝室に入ったメルティアは、自分の不用意な発言を海よりも深く反省していた。

——あの場合は、お受けしますと返事をするのが正解だったのよね……！

政略的な結婚だとは思っていたけれど、せっかくウィレムの前でルディウスが愛を誓ってくれたというのに、あの残念な発言で何もかもがぶち壊しだ。

あまりにも自分がふがいなく、枕に顔を埋めてじたばたとしてしまう。

「……何をやっているんだ？」

あまりにもばたばたしていたので、ルディウスが戻ってきていたのにも気づかなかった。

赤面しながら居住まいを正したメルティアは、ルディウスの顔を見上げる。

長身を折りたたむようにして、こちらを見下ろしたルディウスは、メルティアに顔を近づけてきた。

彼と結ばれてから、幾度こうやって彼の瞳に映る自分の顔を見つめたことだろう。

——情けない顔をしているわ。

だが、今のメルティアは眉を下げて、いつになく情けない顔をしていた。ルディウスの前で、これほど情けないところを見せたことはあっただろうか。

「――そんな顔をするな」

「あの、ルディウス様……昼間の発言のこと、ですが」

そわそわとしながら問いかえれば、ルディウスは困ったように笑った。

「さて、メルティアは思いきり誤解をしていた、ということでいいか?」

「誤解と言いますか、なんと言いますか」

胸の前で組み合わせた指先を、意味もなくもじもじとさせてしまう。あれは、本気だったのだろうか。

「神の前で誓うだけでは、不十分だったか?」

「そういう、わけでは」

「態度で伝わると思っていて、言葉にしなかったのは俺の落ち度だからな」

そう口にするルディウスは、どこか照れているようでもあった。かすかに耳が赤くなっている。

「……私も、あなたを愛しているんです。でも――口にしたら全てが終わってしまうような気がして」

ルディウスから受けた恩は、あまりにも大きかった。だから、口にしたら何もかもがなくなってしまうような気がした。

「現実だと思えなくて……口にしたら、目が覚めてしまうのだと、そう、思って」

ルディウスとの再会は、あまりにも劇的なものだった。だからだろうか。

ここに来ても、結婚式を終えても、弟達と再会してもまだ、これは夢なのではないかと怯《おび》える気持ちがどこかに残っていた。

目を覚ましたら、あの冷たい檻《おり》の中に戻されるのではないか。こちらを〝商品〟としか見ていない、下卑《げび》た男達の目にさらされるのではないか。

その不安は、ふとした瞬間に蘇ってくる。いつまでたっても、逃れられないのではないかと恐れるほどに。

「そんなことはないのに」

「そうですね。今は……そう信じることができます」

――今の私は、今までより少しだけ強くなれたような気がするの。

ルディウスにそう言ったら、笑うだろうか。

手を伸ばし、彼の頬に触れる。

こちらを見下ろす彼の目は、とても穏やかなものだった。

先ほどの、ネディス国王に脅しをかけていた時のような獰猛《どうもう》な雰囲気は、みじんも感じられない。

「何を考えている？」

「たぶん、あなたと同じことを」

もう片方の手も伸ばし、ルディウスの両頬を挟む。こちらに引き寄せながら口づけようとすれば、ルディウスは上半身を屈《かが》めて協力してくれた。

唇を重ねるだけの優しいキス。なんだかもどかしい。

もう少しだけ強く押し付けてみる。

「……舌を出せ」

命じられて、素直に舌を差し出す。そうすると、ルディウスも舌を出してメルティアの舌を舐《な》めてきた。

赤い舌が搦《から》み合う様《さま》を目の前に見せられて、身体に甘い喜悦が沸き始めた。

「ふっ……ぅ」

ぬるつく舌を擦り合わせながら、ルディウスは手際よく寝間着のボタンを外していく。まだ舌を引っ込めることは許されなくて、舌の先を舐められながら、乳房がルディウスの手に包み込まれた。

下から持ち上げるようにして揺らされたら、敏感な頂《いただき》に快感が芽吹き始める。まだその場所には触れられていないのに、早くも感じ始めていた。

「……わ、私だけは……いや」

どうして、いつもメルティアだけを先に脱がせるのだろう。手を伸ばし、目の前にあるボタンを外そうと試みる。

「……やりにくいわ」

そうつぶやいたのが、ルディウスには聞こえていたのだろうか。

彼は目の前で、片手でやすやすとボタンを一つ外した。なんだか負けたようで悔しい。

メルティアも、上から二番目のボタンに取りかかる。今度は上手に外すことができて、口角を上げながらルディウスを見つめた。

心臓の上に手を当てれば、ドキドキと脈打っているのがわかる。寝間着の襟を引っ張って広げ、そこに唇を押し付けた。

「……あら、ら……？」

とん、と肩を押されたと思ったら、後ろからベッドへと倒れ込む。そのままルディウスが覆《おお》いかぶさってきて、深く口づけた。

ルディウスは横に転がり仰向けになると、メルティアの華奢《きゃしゃ》な身体を持ち上げ、自身の腹の上をまたぐように乗せる。

「まったく、メルティアは俺を煽《あお》るのがうまい」

「そんなつもりは、なかったのですが」

くすくすと笑い合い、唇を触れ合わせたり放したりしながら、互いの身に着けているものを剝《は》いでいく。

こんなじゃれ合いは初めてのことで、またルディウスとの関係が変化したのだと思った。

気が付いた時には、二人とも何一つ身に着けていない。

するりと脇腹から胸へと大きな手が撫《な》で上げ、大きさを確かめようとしているみたいに乳房を握りしめられる。

指先で突起を転がしたり、くすぐるように刺激したりしながら、手のひら全体で揉みしだかれて、メルティアの口からは甘い吐息がこぼれ落ちた。

胸から流れた熱が、どんどんと腰の奥にたまっていき、溢れる先を求めてメルティアを懊《おう》悩《のう》させる。

「はぅ……ん、あぁ……」

ルディウスの身体の上で身をくねらせる。

「もっと気持ちよくなりたいのなら、思うように動けばいい」

そうやって、ルディウスはメルティアをそそのかす。

硬く膨れ上がった楔を、媚肉の間に擦りつける。

いつだったか、胡坐《あぐら》をかいたルディウスの上に乗せられたことはあったけれど、あの時はただ、彼に揺さぶられていただけ。こうして自分から、動くのは初めてだった。

「はっ……あぁ……ん、くぅ……」

肩からこぼれ落ちた髪が肌を撫でる。その感覚さえも気持ちいい。柔肉を擦り上げた切っ先の先端が、秘芽を刺激するのも気持ちいい。

「あっ……ん……」

思うように動けば動くほど、下腹部が恥ずかしく加熱していく。

手の甲を口に押し当て、声を殺そうとするけれど、身体を支えきれなくなってすぐに倒れ込みそうになる。

「あ、あ、あぁぁっ！」

ただ、擦り合わせているだけなのに達してしまった。今日はどうかしている——と、今までに何度思ったことだろう。

力を失ってルディウスの上に倒れたら、背中を大きな腕が上下する。メルティアの居場所はここだ。

不意にその実感が胸に押し寄せる。

「……そうだな。今度は俺が動こうか」

ルディウスの腕の中に抱き込まれ、そのまま横倒しにされる。

「……あっ」

片脚を抱え上げられたかと思ったら、彼は硬くなったものをあてがった。

期待に吐息がこぼれ、背中を震わせたとたん、ルディウスが中に押し入ってきた。

片脚を抱え上げられているせいで、不安定だ。メルティアの方からも脚を絡めるようにして抱きつく。

いつもの獰猛な抜き差しとは違い、ゆっくりと出し入れされることで、彼自身の形を覚えこまされているような気がした。

視線を上げれば目が合う。

ゆるゆると腰を揺らされて、内部がきゅっと締め付ける。ルディウスが小さく呻くのが、メルティアの官能をも煽る。

二人で重ねる夜は、いつだって新たな発見があった。まだ、知らないことがあるのかと、毎度驚かされてしまう。

――今なら、言えるかもしれない。

「……あなたを、愛しています」

ゆったりとした動きに身をゆだねながらそう告げると、ルディウスは驚いたように目を丸くする。メルティアの方から告げられるなんて、思ってもいなかったのだろうか。

「俺もだ」

そう返され、鼻の頭にキスされて、無上の幸福に包まれた。ゆるゆると押し寄せては返す、快感の波。

じゃれ合いながら、キスしながら、互いに腰をゆらゆらと揺らす。先に上り詰めたのは、メルティアだった。

全身でルディウスにしがみつき、腰を押し付けるようにしながら、嬌声を響かせる。メルティアが達したと知ると、ルディウスはメルティアをシーツに押し付けた。

両肩に膝を担《かつ》がれ、再び律動が始まる。蕩《とろ》けているのに、締め付けが強まっている蜜壁を押し広げ、最奥を抉《えぐ》るように突き入れられた。

「やっ……あ、また……また、来ちゃう……！」

達するごとに、深く深くなっていくその感覚は、気持ちいいけれど戻ってこられなくなりそうで怖い。

「……ひっ、あ、あぁぁっ！」

窮屈《きゅうくつ》な格好に折り曲げられているのに、その窮屈さがむしろ心地いい。メルティアを押さえつけたまま、ルディウスは縦横無尽に腰を打ち付けてくる。

乱れたルディウスの吐息に、胸の奥まで満たされるような気がした。

「一緒、あっ、ぁ……一緒が……い、い……！」

懸命に訴えると、無言のまま額にキスが落とされる。

「そうだな、一緒……だ」

こらえきれない艶《つや》が、彼の声に混ざる。あまりに激しい歓喜に、思考が完全に吹き飛ばされて、世界が白一色に染め上げられる。

「……愛してる」

メルティアを強く抱きしめ、耳の奥に流し込まれるルディウスの声。

「愛しています……私も、あなたを愛しています」

同じ言葉を返しながら、強く願う。生涯、ルディウスの隣にいたいと。

エピローグ

季節は変わり、春になった。

皇宮の庭園では、様々な花がいっせいに満開となり、見たことのないような美しい光景を作り出している。

「全て、終わったんですね」

「……終わった」

旅支度をして、噴水の側《そば》に座っているメルティアの手にあるのは、一枚の書類であった。そこに書かれているのは、フェルステーフ公爵の処分についてである。

全ての地位と財産を剝奪《はくだつ》された公爵は、エトニアに送られ、金鉱での労働に従事することになった。

彼が拉致《らち》した人間の中には、鉱山に送られた者も多数いた。自分が人生を奪った人達と、同じ扱いを受けることになったわけである。

彼の罪は、二十年の強制労働で償いとするそうだ。とはいえ、二十年後、彼が生きている可能性は低いだろう。貴族として優雅な生活を送ってきた彼が、つらい労働に耐えられるとも思えない。

——心の傷から立ち直るには、まだ長い時間がかかるのでしょうけれど。

公爵の被害者達は労働から解放され、それぞれの家に戻っていった。

無事に救い出され、元の生活に戻ったとしても、心の傷が癒《い》えるまでには長い時間がかかるだろう。

メルティアにできるのは、彼らが早く立ち直るよう支援し、祈ること。支援の手は、ずっと差し伸べていくつもりだ。

「マリエッテ様は……修道院に？」

「貴族籍を剝奪され、父親は鉱山奴隷ではな。ろくな縁談も見つからないだろう。マリエッテ嬢には罪はないから、彼女が生活できるだけの財は残しておいたんだが」

マリエッテは、父の行いについてまるで知らなかったそうだ。

メルティアはその場には居合わせなかったけれど、父の所業を聞いて取り乱していたらしい。

父親が鉱山奴隷となると決定した頃、彼女は修道院行きを自ら決めた。ルディウスが彼女のために残した財産を使い、父親の被害者や恵まれない人々の救済を行っていくそうだ。

それが、父の罪を償うことにも繋がる――というのが彼女の言葉だという。

マリエッテは、メルティアには好意を持っていなかったし、メルティアの方もあまり親しくはできないだろうと思っていた。

――いつか、マリエッテ様が私の手を必要とすることがあったら……その時には、協力しよう。

潔《いさぎよ》い彼女の行動を見ていると、彼女は彼女なりに、高潔であろうとしているようにも感じる。その姿勢には、素直に感服した。

だから、メルティアの方からは彼女に連絡をしない。彼女の方もそれは望んでいないだろう――けれど。

もし、いつか。彼女がメルティアの手を必要とすることがあったならば――そう思うだけだ。

「……義兄上《あにうえ》、姉上」

出発が待ちきれないのだろう。

ウィレムは馬車の隣で飛び跳ねるようにしながら、二人を呼ぶ。ウィレムの側《そば》には、忠実にハインリが控えていた。

——そうね。これからのことも考えなくては。

冬の間、何度も何度も話し合った。

これから先、どのようにするのがいいのかと。

自分達のためだけではない。国を治める者として、どうすれば民に幸福に過ごしてもらえるのかを、考えていかなければならない。

姉弟でも話し合ったし、義兄《あに》と義弟《おとうと》でも話し合った。夫婦の間でも、議論を交わしたのは当然のこと、三人でも繰り返し何度も会話した。

ルディウスは、ウィレムを王として立てるつもりだったのだが、ウィレムの結論は違った。

ネディス王国に占領されている間に、すっかり国力は衰《おとろ》えてしまった。

自分達だけで国を守るのは無理だから、ディミリア帝国の一部になる。ウィレムはそう決めた。

ウィレムは大公となり、エトニアの地を治めていくことになる。

ルディウスの方はまだ納得していないようで、十年後、もう一度話をしようと言っている。

その頃にはウィレムも成人しているし、情勢も変わっているかもしれないから、と。

ネディス王国の方は、国王と王弟の間で、骨肉の争いが勃発しているそうだ。

できることなら、国王に勝利を収めてもらいたい。

もし、王弟である公爵が新たな国王となったなら――ルディウスのネディス王国に対する対応も、大いに変化することになるだろう。

「……夢みたいです。エトニアに帰る日が、こんなに早く来るとは思ってもいませんでした」

ウィレムの方に手を振りながら、メルティアは立ち上がった。

大公となったウィレムを、エトニアに送っていくという口実で、メルティアとルディウスも、しばらくの間、皇宮を離れることになっている。

「出発、なさいますか？」

側に控えていたエルートが、メルティアの手から書類を受け取った。彼もまた、以前と変わらず側にいてくれる。

「エトニアももう落ち着いているからな。メルティアの好きだった景色を、俺にも見せてくれ」

「……はい、ルディウス様」

こうして、この場にいられるのが夢のようだ。愛する人に出会い、弟と再会し、家族ができた。

これ以上、何を望むというのだろう。

「私の愛する国を、私の愛する人に見てもらいたいです。全部、案内しますね」

弾《はず》んだ声で口にすれば、ルディウスの目元が柔らかくなる。

「早く、早く！　日が暮れてしまいますよ！」

せかすウィレムの声が響く。

「行きましょうか」

メルティアの方から、ルディウスに手を差し出して誘った。

しっかりと指を搦《ゆび》め、温かな春の日差しの中、メルティアは新たな未来へと一歩踏み出した。

あとがき

ヴァニラ文庫八周年という記念の月に、『軍人皇帝は新妻を猫かわいがり中！～亡国王女の身売り事情～』を刊行させていただくことになりました。七里瑠美です。

どうでもいい話ですが、個人的にイヤーカフとかピアスをつけている男性にめちゃくちゃ弱いです。ただ、私生活でそんな男性にお目にかかる機会というのはそうそうなく。

今回ルディウスに最初から最後までイヤーカフをつけたままだったので、個人的に大喜びでした。

そんな美麗なルディウスと可憐なメルティアを描いてくださったのは漣ミサ先生です。完成したイラストを拝見した時、まぶしくて、画面が直視できない……！　と大騒ぎしました。お忙しい中、お引き受けくださりありがとうございました。

担当編集者様、今回もお世話になりました。あいかわらずバタバタとしておりますが、次のお仕事もどうぞよろしくお願いします。

ここまでお付き合いくださった読者の皆様、こんなご時世なので、つらい展開はなるべくカット、甘いお話にしたつもりですがどうだったでしょうか。楽しんでいただけたら嬉しいです。ありがとうございました。

原稿大募集

ヴァニラ文庫では乙女のための官能ロマンス小説を募集しております。
優秀な作品は当社より文庫として刊行いたします。
また、将来性のある方には編集者が担当につき、個別に指導いたします。

◆募集作品

男女の性描写のあるオリジナルロマンス小説（二次創作は不可）。
商業未発表であれば、同人誌・Web 上で発表済みの作品でも応募可能です。

◆応募資格

年齢性別プロアマ問いません。

◆応募要項

・パソコンもしくはワープロ機器を使用した原稿に限ります。
・原稿は A4 判の用紙を横にして、縦書きで 40 字 ×34 行で 110 枚 ~130 枚。
・用紙の 1 枚目に以下の項目を記入してください。
①作品名（ふりがな）/②作家名（ふりがな）/③本名（ふりがな）/
④年齢職業 /⑤連絡先（郵便番号・住所・電話番号）/⑥メールアドレス /
⑦略歴（他紙応募歴等）/⑧サイト URL（なければ省略）
・用紙の 2 枚目に 800 字程度のあらすじを付けてください。
・プリントアウトした作品原稿には必ず通し番号を入れ、右上をクリップなどで綴じてください。

注意事項
・お送りいただいた原稿は返却いたしません。あらかじめご了承ください。
・応募方法は必ず印刷されたものをお送りください。CD-R などのデータのみの応募はお断りいたします。
・採用された方のみ担当者よりご連絡いたします。選考経過・審査結果についてのお問い合わせには応じられませんのでご了承ください。

◆応募先

〒100-0004　東京都千代田区大手町 1-5-1　大手町ファーストスクエアイーストタワー
株式会社ハーパーコリンズ・ジャパン　「ヴァニラ文庫作品募集」係

軍人皇帝は新妻を猫かわいがり中!
〜亡国王女の身売り事情〜

Vanilla文庫

2021年8月20日　第1刷発行　定価はカバーに表示してあります

著　者　七里瑠美　©RUMI NANASATO 2021
装　画　漣ミサ
発行人　鈴木幸辰
発行所　株式会社ハーパーコリンズ・ジャパン
東京都千代田区大手町1-5-1
電話　03-6269-2883（営業）
0570-008091（読者サービス係）

印刷・製本　中央精版印刷株式会社

Printed in Japan ©K.K. HarperCollins Japan 2021 ISBN978-4-596-01176-3